CIJIAN FANGHUA

此间芳华

ANHUISHIFANDAXUE WENXUEYUAN
BENKESHENG YUANCHUANG ZUOPIN XUANJI

安徽师范大学文学院
本科生原创作品选集

俞晓红　项念东◎主编

安徽师大大学出版社
·芜湖·

图书在版编目（CIP）数据

此间芳华：安徽师范大学文学院本科生原创作品选集 / 俞晓红、项念东主编. — 芜湖：安徽师范大学出版社，2019.5

ISBN 978-7-5676-3982-9

Ⅰ.①此… Ⅱ.①俞…②项… Ⅲ.①中国文学 – 当代文学 – 作品综合集 Ⅳ.①I217.1

中国版本图书馆CIP数据核字（2019）第051262号

此间芳华：安徽师范大学文学院本科生原创作品选集

俞晓红　项念东◎主编

责任编辑：胡志恒

装帧设计：丁奕奕

出版发行：安徽师范大学出版社

　　　　　芜湖市九华南路189号安徽师范大学花津校区　　　邮政编码：241002

网　　址：http://www.ahnupress.com

发 行 部：0553-3883578　5910327　5910310（传真）

印　　刷：江苏凤凰数码印务有限公司

版　　次：2019年5月第1版

印　　次：2019年5月第1次印刷

开　　本：700 mm×1000 mm　1/16

印　　张：14

字　　数：200千字

书　　号：ISBN 978-7-5676-3982-9

定　　价：38.00元

序

安徽师范大学文学院的前身是1928年建立的省立安徽大学中国文学系，是安徽省高校办学历史最悠久的四个院系之一，刘文典、郁达夫、苏雪林、周予同、潘重规、宛敏灏、张涤华等一批著名学者曾在中文系工作，文为世范，学为士则，形成了深厚优良的学术传统。学院现有汉语言文学、秘书学、汉语国际教育、戏剧影视文学等4个本科专业，拥有教育部省属高校人文社会科学重点研究基地中国诗学研究中心，中国语言文学博士后科研流动站，中国语言文学博士学位授权一级学科、硕士学位授权一级学科。中国语言文学学科2017年入选安徽省本科高校一流学科。

文学院教师中，有国家首届教学名师1人，曾宪梓教育基金奖获得者8人，全国教育系统劳动模范、优秀教育工作者、优秀教师5人，享受国务院特殊津贴12人，皖江学者3人。余恕诚、刘学锴教授先后获得安徽师范大学"终身成就奖"，陈文忠教授荣获校首届"卓越贡献奖"、省级"师德标兵"称号，陈文忠、刘运好、詹绪左教授先后荣获省级"教学名师"称号，芮瑞、李伟、饶宏泉、潘晓军先后获得省级"教坛新秀"称号，项念东获得首届全省高校青年教师教学基本功大赛一等奖。胡传志、方维保、江守义、俞晓红等人领衔的教学团队，先后十余次获得省级教学成果奖。

文学院在办学过程中培养了大批杰出人才，有全国知名学者，如中国社会科学院荣誉学部委员吴元迈，国家督学朱小蔓，北京大学美学与美育

研究中心主任朱良志，教育部长江学者朱志荣、彭玉平、吴根友等；有毕业后笔耕不辍的沈天鸿、许春樵等人，早已成为诗坛著名诗人、文坛著名作家；坚持在中学语文教学一线奉献的邓彤、郭惠宇、王屹宇、肖家芸、陈军等省内外90余位特级教师，已成为国内知名的教育专家；驰骋商界的有王大明、徐高潮、余伯成等知名企业家；闪耀银屏的有刘春、吴征、赵焰等媒体精英；还有登临"百家讲坛"解读古典名著《水浒传》的著名主讲人鲍鹏山。

近年来，文学院以"文以载道、学以化人"为院训，以"培养和造就品德高尚、基础扎实，富有创新精神、人文情怀和实践能力的高素质、复合型人才"为人才培养定位，形成了"德育为先、能力为重、全面发展、统筹兼顾"的人才培养理念。在这一原则指导下，学院努力改善育人模式，在坚守第一课堂质量的同时，多元搭建育人平台，全方位助力学生发展。一是以"学海导航""与作家面对面""名师导教""实务专家"四大系列助学讲座为津梁，聘请国内外著名学者、专家、诗人、作家和企业成功人士到学院讲学，提升本科生的学术意识，拓宽其知识视野，培养其专业思想和就业愿景，形成品牌效应。二是坚持基础理论知识传授与双创教育的结合，将专业特点明显的第二课堂系列活动，如省级国家级创新创业项目、各级师范生从教技能大赛、校级科研论文大赛、院级文学创作大赛、院级诗文朗诵大赛和话剧汇演、公开发表科研论文和文学作品、出版论著或文学作品集等，纳入素质拓展学分认证体系，以最大程度地激发学生的创新热情，培养其创新思维和实践能力。三是重视过程化管理，积极举办诗歌朗诵比赛、话剧汇演、三字一画、读书报告会、说课大赛等多种与专业技能相关的活动，以求全方位提高学生"听、说、读、写"能力。四是重视实践教学体系建设。如师范专业依循"遴选—考察—进驻—淘汰"的原则确立长期实习基地，见习与实习同步，说课与讲课兼顾，实行师范生实习"双导师"制；非师范专业则探索实施以"文案企划、材料编制、办公司务、教育传播"为内容的实习框架，强化文化服务能力的应用及提升。五是重视大学生暑期社会实践，以支教活动为重点深入全国各地，开展义务教育，锻炼学生的实践能力。总之，学院希望将学生塑造成"遇事能谋、张口能说、提笔能写、干事能成"的复合型优质人才

近年来，文学院坚持"以生为本、产出导向"的核心理念，将学生"创新"思维的培养当作育人的重要任务来落实。我们既重视本科生学术规范的训练、科研素质的培养，指导本科生在教师引导下参与教研、科研课题的研究，又重视本科生文学创作能力的培养，多渠道、多方位开展文学写作活动，坚持全员育人、全过程育人、全方位育人，全面落实"三全育人"的教育理念。结集出版的本科生文集有：张公善编著《生活图谱：国际安徒生奖获奖插画家绘本鉴赏》《生活启蒙：国际安徒生奖获奖作家导读》《生活导航：国际安徒生奖中国提名者导读》；王茂跃等主编《实践出真知——安徽师范大学秘书学本科生调查报告选》；王昊主编《文苑初鸣集》及《文苑初鸣集（第二辑）》；芮瑞等主编《兴趣·学习·尝试——安徽师范大学"大学语文"写作大赛优秀作品集》《此间雅言——安徽师范大学第二届"大学语文"写作大赛优秀作品集》；俞晓红主编《此间思语——安徽师范大学文学院本科生双创论文选集》；等等。

本书是"此间"系列的第三本。收入书中的77篇作品系2018年文学院本科生文学创作大赛评选出的优秀作品，涉及诗歌、散文、小说、戏剧等各种文体，作者来自汉语言文学、汉语国际教育、秘书学、戏剧影视文学等专业，部分作品系教师推荐参赛。主书名"此间芳华"，"此间"是指安然伫立在长江南岸的这所九秩之龄的省部共建大学，和与其同龄的中国语言文学学科；"芳华"二字，一谓香花，明陈子龙《上巳城南雨中》云"春甸摇芳华，长林萦幽壑"，一谓美好的年华，清龚自珍《洞仙歌》云"弹指芳华如电"。合而观之，乃谓莘莘学子，在这样有着优良传统的校院空间，以鲜活文字书写群体的美好年华。尽管有些文字还比较稚嫩，但所蕴涵的创新意识和写作潜力，在不久的将来一定会焕发出更加绚丽的光彩。

编　者

二〇一九年一月二十日

目　录

◇诗歌篇◇

◇散文篇◇

目
录

此间芳华——安徽师范大学文学院本科生原创作品选集

诗歌篇

早　春

朱文韬

垂柳倚长门，
桃花尚未芬。
玉兰虽嫩弱，
犹带一枝春。

早　春

张公达

花露红初坼，
湖波绿未浓。
清风苏古柳，
细雨润新茸。

游　春

盛　佳

日暖桃含蕊，
风轻杏雨飞。
流连花世界，
至此不思归。

秋 荷

汪倚筠

孤茎立渌波，
逸调何人唱？
风动碎珠声，
月摇秋影漾。

秋　别

林兰馨

凉雨初惊梦，
蝉声谁复知？
匆匆离别日，
恰是月圆时。

秋日送别

邵雅倩

日落西风紧，
更深露水寒。
别离无一语，
桐叶自嗟叹。

秋宿花津

袁伊佳

浮翠流丹色，
寒泉漱玉声。
秋风今又至，
客始忆莼羹。

浣溪沙·过华清池

刘丽薇

梦暖蓝田雨洗尘,
长生殿外客纷纷。
骊山情老恨听埙。

檐下石榴红寂寞,
池中泉水碧温存。
千年故事总销魂。

浣溪沙·幽情

汪程娟

曲径幽花散晚芳，
清孤院落玉阶凉。
兑壶夜色饮西厢。

明月应谙心底事，
星烟莫冷梦中窗。
情丝一缕入诗肠。

清明祭冢

王月亭

步早入荒林，新芽脚下侵。
高坟难共语，往事只私吟。
花动游魂意，春伤故客心。
寒阶疑落雨，洒洒拭衣襟。

校园春（联句）

张应中　吴仕颖　张公达　李冠达　胡夏莹

校园风日暖，（张应中）
万物丽春天。
鹊唤芳菲色，（吴仕颖）
杨笼浅淡烟。
玉兰花已发，（张应中）
银杏叶新悬。
桃露红初绽，（张公达）
池波碧可怜。
人如游上苑，（张应中）
车似羡林泉。
轮奂良家子，（李冠达）
逍遥此世仙。
临流欣照影，（张应中）
倚榭细调弦。
白玉纤纤手，（吴仕颖）
紫檀密密笺。
步摇莹胜雪，（李冠达）
歌啭婉于鹃。
岂不迷韶景？（张应中）

何由负少年？

殷勤贪起早，（吴仕颖）

黾勉事加鞭。

寝馈诗书里，（张应中）

吟哦馆阁前。

谁言春易逝？（胡夏莹）

师授火能传。

异日频回首，（张应中）

流光恋此篇。（张应中）

空

王　欣

我分明听见了夏天风梳理夜晚的声音
我分明看见了冬天雪花缓行的脚步
我分明感觉到了空气中微小尘埃的浮动
却没有感觉到你
在虚无里寻求快乐
大概是我最后的结局

空

这不是结局

董迎辉

题记：马航调查组宣布解散，有感而作

如同一件活着的标本
已陈列了太久太久
久到仿佛一碰就会破碎
然而这不是结局
还有人等着那架飞机冲向心脏
还有人等着他们于下世纪返回
我宁愿他们没有去往天堂
而是在一个不知名的地方
喝着小酒
晒着太阳

新的飞鸟

黄妙燃

风戚戚长鸣之时，飞鸟不飞
栖在古梧桐上，抖落一身银光
它是月的遗孤

天狗吞食它的母亲，云染上血色，不再流动
它跌落，像游荡在湖里的船
颤抖的波纹布满双眼

秃鹫与鹰在撕扯它的翅膀
内部的斗争也在它的身体隐藏

复仇的烈火将天穹烧裂
流淌的是千年的筋骨血泪
黎明被黑暗逼退

灼浪中它的血液汇聚于上
涓涓红色流淌，撕裂黑暗、灼烧鹰狼
在惊呼与反抗声中
涅槃凤凰，在东方国境上
振翅昂扬

帆船立在海的中央

邵士强

暴风雨来临之际
沉默的海燕曾发出啼叫
波涛涂抹在港口
帆船立在海的中央

贝壳在黑暗中扑向天空
鲨鱼闻讯赶到
比目鱼失去了眼睛
海马惊慌奔跑

海的手掌
托起摇动的桅杆
迷人的海妖
哼着眩晕的歌谣

水做的桨
搅动不安的夜
风做的帆
打碎漩涡的屏障

帆船立在海的中央
灯塔守在海岸眺望
鸽子的回归携来光亮
星空落了一地夕阳

散文篇

吾　师

刘章怡

吾师中等身形，乌发中间墨灰，方面圆额，眉宇神秀而明达，足见其韶华当年，芝兰灵气。黎目黑瞳不若知命，精睛硕采馨藏学思。静如砚池粼景，动若皎电逐风，喜谑嗔悲，万般千态，尽摄其中；学棣心得之而自明，皆以思诚语正，无敢轻浮有违。每至其课堂授业，学子疾趋走奔，蹬阶贯廊，拥往而坐，皆欲静俟之，而耻不能早于师长至也。

吾师威正，学养厚重，其势令小人之心微惧，其品使向学之身谨行；书必求法，学必求真，传授灼见真知，不吝躬身解惑，倍益予与同窗。是众人有一面之缘者可知可感，然其幽默风趣，豁达亲切之举亦不可不引及也！

吾师谨严，然亦独有其可爱之处。曾有汉字与文化课为师亲授。吾师腹腰稍抬，提纲阖卷，纵谈字之源流，侃侃悠悠而及“面”之小篆字形。兴致而发，以书遮面半，示吾等以明睁双目，挑眉作诡音谐声：“嗺！此乃面具之形，尔等之所见！类否？”吾低首沉心于字里行间，忽得听怪呼“嗺”，惊起抬头，坛上奔步遮面、摇头晃手之形象豁然入目，顷之不觉惊书堕笔，继而掩面伏案，大笑不止。存涕而顾，教室之中已听取“哇”声一片，继而又哗然乐成一片，前仰后合，百态欢欣，形状丝毫不亚于《红楼》之群笑，而“面”字之释已铭刻心版。更有深感师道至深且教学之真，以年高位重，非有真性情和大才情之人，何能至此哉？

书痴一老翁

瞿陆子慧

爷爷给我留下的印象不多，因为与他生活在一起的时候我太小，而他，又整天握着书卷，有时还咿咿呀呀地唱几句，我不懂也不喜欢。

后来，念了中文系我才知道，他唱的那些"咿咿呀呀"，是元曲，是大雅之音呢。

奶奶爱热闹，下班后有时邀同校的老师来家里吃饭聊天，可爷爷爱清静，人多了，就烦，于是关起房门，大声地唱起自己喜爱的元曲。高高低低的吟唱，对于欢快的喧闹，显然有煞风景。不知情的人以为他摆校长架子，脸皮泛着红告辞了："家中有事，我得先走了。"奶奶又羞又怒，憋着气，不好意思地挽留；知情的人出来打圆场："没事，知道我们瞿校长有文气儿"，但是尾音还要打个转，低低地吃吃地笑，气氛终究是热闹不起来了。客人走后，奶奶便冲进房间，怨他这副闭门谢客的姿态，骂他倔，不通人情。可是，奶奶连珠炮似的话语，就像一颗颗小石子投入宽阔的水面，甚至连一点涟漪都没有泛起，爷爷还是摇头晃脑，自顾自哼唱着自己的曲儿。奶奶气得很了，便去姑姑家，我虽小，次数多了，也知道，今晚奶奶是不会回来了。只有这个时候，那个固执的老头，才慢悠悠地放下手里的书，透过眼镜，肃穆地看着窗外，盯着奶奶的身影消失在转角。许久，他的眼光才慢慢收回来，低下头看着站在旁边的我，有些惆怅，却又装作满不在乎的样子说："你奶奶走了哎！"像是气走了玩伴的小孩子，目光中虽然透着一丝狡黠，但难掩其浓浓的失落。慢慢地，他孤独地退回到他的房间，不一会儿，若有若无的哼唱，又隐隐传来。

简媜说过这样一句话：让懂的人懂，让不懂的人不懂，让世界是世界，我甘心是我的茧。每每看到这句话，耳边便响起爷爷自得其乐的诗词哼唱声。

爷爷真是个书痴。小学放学回家时，我时常看见他在旧书摊旁边站着看书，一手握着书，一手背在身后，在那些蹲在书摊边挑挑拣拣、砍价购书的人中，仿佛鹤立鸡群。他偶尔也会与老板交谈，指着书中的错误，告诉老板此诗并非此人所写，而另有其人，眉头紧紧锁住，目光锐利而坦荡，甚至要搬出某书中的证据来证明自己的结论，慢条斯理却语气坚定，提醒老板这可能是盗版书，不应再进货，不然恐怕会误导了读者。老板当然说不过他，怎么办呢？就咬定他是来砸场子的，瞪着眼睛赶他走："就你们文人穷讲究，走走走！别挡着我做生意！"他也不再多说，只是摇摇头，放下书，叹口气直直地走了；挺拔的腰板，并没有因为受到嘲讽而动摇一分。第二天依然再去寻觅这样的书摊。故事往往又再一次上演。我那时觉得爷爷好迂腐，觉得爷爷理亏了。因此，每每遇到这样的场景，我颇有些不好意思，便假装没看见，飞快地从旁边偷偷溜走。他偶尔也会淘到一两本好书，一向沉默寡言的他难得地兴奋，双手捧着书，得意地向我炫耀他新淘的"宝贝"："这是上海锦章图书局印行的呢！终于让我将这六卷凑齐了！"常年板着的脸有了难得的笑容，满满的皱纹舒展开来，居然也能泛起红光呢。我感受到了爷爷的乐趣，可是我不懂，很好奇。我不明白家里装订精美的图书那么多，爷爷唯独捧着这本破旧泛黄的书册如获至宝。心里暗嘲爷爷老了，竟连优劣都分不清啦。可他意味深长地挥挥手："你小孩子家不懂，这些宝贝以后爷爷都是留给你的啊。"饭也不吃了，喜滋滋地捧着书，在房间读一晚上也不见他出来。

我爷爷出身农家，靠着读书，获得了知识，获得了学历，获得了比较稳定的工作和收入。更难能可贵的是，他把读书融入生活之中，成为其生命存在不可或缺的一部分。我知道，他只是一个普通的读书人，一个普通的中学教师，没有伟大的理想和抱负，也不具备超凡脱俗的品格，生活得

书痴一老翁

随意甚至任性，但他读书、藏书，自得其乐，沉浸在自己寻绎到的趣味之中，在琐碎的日常生活中诗意地栖息，淡定而且满足。直到上了大学，书读多了，才领悟到，好读书的爷爷其实生活得很充实，书痴其实很清雅呢。

兄　长

李婷婷

　　我做义工的公益夏令营新来了一对兄弟。

　　第一次偶遇他们，是在村里唯一小路上，那个大一点的孩子迈开腿在前面快速地走，而小不点踉踉跄跄地跟在后面。如果不是村长领着他们来，我想我不会以为这是一对兄弟。弟弟很沉默，总是愣愣地出神，而哥哥有一双会说话的眼睛，笑时眼底像蕴着一湾湖水。之后多次碰面，我并没有发觉这一对兄弟有什么不同。

　　直到那天中午，孩子们偷跑到村头河边钓鱼。我撑着困意来寻他们，只见大孩子们围着哥哥，蹲在一起放线钓鱼。小一些的孩子则拿着别人鱼篓里小鱼小虾互相嬉戏。霎时间，河边人头攒动，往来交错，热闹非凡。见此，我便靠在一旁打瞌睡，任由他们玩去。

　　睡意蒙眬中，我突然听见有人大喊："救命啊！有人掉河里啦！"我急忙冲过去，还未到河边，只见哥哥一个猛子扎进河里，很快游到了河中央，从背后抱着他的弟弟游了回来。一上岸，赶到的大人们迅速地将他们围了起来。我不经意间瞥见哥哥的神情，那么恐惧却又强自镇定。哥哥把弟弟倒抱在怀里，轻轻拍着他的背，帮助他吐出胸腔里的河水。待到确定弟弟没有大碍后，哥哥才松了一口气，默默走了，人群也四散开来。

　　过了很久，弟弟才回过神来，他四处张望，却遍寻不到哥哥的身影，眼里蓄着两眼喷泉，仿佛随时都会喷薄而出。我试图转移他的注意力，问道："你知道家长的联系方式吗？我让人来接你回去好不好？"他似乎不太

明白我的问题，抬头迷茫地望着我。在我焦虑万分之际，哥哥终于回来了，轻轻地回答我："我就是他的家长。"哥哥隔开人群，把弟弟身上的湿衣服脱掉，用一件干净的外套将弟弟裹起来。弟弟见到哥哥，眼泪如洪水般倾泻下来，不知节制。我明白他是受委屈了，却不知道该如何安慰他。见状，哥哥冷冷地甩下一句："没有人疼爱，就要自己学着坚强。"便欲转身离开，这时弟弟却突然停止了哭泣，紧紧抓住哥哥仍旧滴水的衣角，怯怯地叫了一声："哥哥……"只见，哥哥无奈地停下了脚步。

不知不觉间，日头已经悄然西去，田野上呈现出一片荒凉的景象，我望着远处哥哥背着弟弟慢慢慢慢地走在田埂上，那个少年瘦弱的肩上仿佛承担着整个世界的重量。恍惚间有一股暖意从我的心底升腾而出，硬是冲破了这暗沉沉的夜色。

我无意中向村长问起那对兄弟，得知了一段让人唏嘘的往事。他们的父亲被收割机绞伤，不久就离世了，随即母亲改嫁。兄弟俩也算是吃百家饭长大的吧。

我们离开的时候，那对兄弟走了十几里上路来送我们。第二年，我来拜访村长之时，听说那对兄弟通过夏令营一起被领养了。余生，他们还可以相伴成长。

此间芳华——安徽师范大学文学院本科生原创作品选集

嗅到桂花香

岳晓婧

你最喜欢的气味是什么？

是甜甜柑橘的气味，还是咸咸海风的气味？

我最喜欢的啊，是桂花香，而且还带点潮潮的水汽，但是厚重得仿佛穿过历史而来。听起来普通，这种桂花香可不是哪里都有的。

出芜湖站向南二十里，绕过喧闹的地段，穿过气派的大门，骑上一辆单车，经过几条大道，奔向小路，然后你就可以伸着脖子、抬起头，在风中捕捉到：那淡淡的，再由淡慢慢变得浓郁的，氤氲在江南喃喃细雨中的，让我魂牵梦萦的桂花香。

来自北方的孩子从未见过桂花，对它的了解只限于成语"丹桂飘香"的描述。

我自然从未想过我会对这香气如此迷醉。

风是它的帮凶，无论我朝着哪个方向，它都能把我搂进它的温柔乡，抚摸我的每一寸皮肤，撩动我的每一根发丝，使我奔波的脚瞬时瘫软，只能站在原地贪婪地享受它的款待。

它从不吝啬，我自然也不客气。

我曾穿过达夫路，与郁先生一同探讨它的狡黠可爱；我曾在建人路驻足，周先生说他也是它的手下败将；我曾在望道路中沉思，陈先生又将它引来。

这迷人的桂花香竟然不曾饶过我。它没有犯规，但是我愿意服输。在

潮湿的风中被它牵引着,在人群中疯狂追逐,在它的陷阱中坠入,在梦的轻波里依洄。

再走几步便能看见桂花真容。

碎碎点点簇簇,像是少女揉碎了的小心思。轻声嘀嘀咕咕,带着江南人特有的语气和口音。但是每当我想凑近了听的时候,她们又都变回了小小的花儿,如此这般游戏我是它们的乐趣。就连那散落在树下的桂花都"咯咯咯"的笑着,笑我的执着贪婪又不能得。蜂蜜色的阳光从它娇嫩的绿叶上泻出来摔碎一地,和星星点点散落的桂花一起交叉错落在根根竖起的草地中,我无法盈盈捧起。一只橘猫踮着脚尖从上面轻轻踏过盘坐了下来。求不得交好,我只好无奈地离开。

但我的确是离不开的。我的每一次呼吸,都能感受到它,触摸到它。

我最喜欢设计在图书馆里和它的"不期而遇":特地选一个靠窗的位子,腼腆地将窗户拉开一个缝。它马上就领会了我的意思,忙不迭地赶来,还要装作很不情愿的样子丝丝缕缕慢慢绕到我身边。

此时摊在那木桌上的一定是一本风雅的书,因为它也喜欢。

它说张孝祥曾在镜湖环种芙蓉杨柳,它说汤显祖为淬剑池留有《赤铸山》,它说杜牧往返弋江时留下了爱情佳话。它说在这鸠兹古地江南之城,它最喜欢的还是这里。

在这里它能够以魏晋的厚重呼吸,以唐宋的雍容行走,携一把成吉思汗射雕的长弓,捧一册明言以喻世,再着华服朝拜满朝文武。看似已成明日黄花,回头却是一片绵绵青山;看似已成曲终人散,回头又见一片烟火绚烂。亦真亦幻。

我一定是中了它的毒,而且这份毒通过嗅觉神经在我的五脏六腑里迅速扩散。

嗅觉作为感官中貌似最微不足道,最隐形的一种,展现出来的往往却是内心最纯粹的感受。那是经得起潜移默化,经得起时间考验,伴随着每一次呼吸的。所以我们喜欢什么东西的时候,就一定会喜欢上它的味道。

后来我为了"解毒",也去过很多地方,闻过许多不同的桂花香。但温存只会不断地从我身边抽离，甜腻的味道使人晕眩，没有灵动，更没有故事。

　　我想，让我迷醉的也许只是那一份香。

嗅到桂花香

蓄水不深生芜藻

陈　蓉

我又回来了。

湖沼草木，鸠鸟掠江，芜湖的春到底是比别处来得早些。

这个小城，在稍小的地图上没有名字，简略成一颗相思豆。好事的人听人提到此处，便去寻这样一个叫芜湖的地方。

"芜湖，是没有湖的意思吗?"

"蓄水不深而生芜藻，所以叫芜湖。"

从来不缺水汽氤氲，仿佛使人的脾性变得极好。回答起生人的问话，也是如此温吞吞的。上扬的音调和火炉上扑通蒸腾的水汽融合，染了一屋子的烟火气。也喧嚣，也沉寂。小城安守着自己的本分，在角落里经历着一座城的岁月，如同一个碌碌人生里的悲欢离合，生老病死。我生长在这里，如今也不曾远离。

一个地方，一旦有了记忆，就仿佛给注入了灵魂。每每提起，想不到那些玻璃高楼，想不到那些车水马龙，想不到那些闪烁霓虹，想到的仅仅是一个模糊的人影，像是外婆偷偷从罐子里藏起来的年货，去掉红衣的白胖花生和夹杂黑白芝麻的方块糖。仿佛在这里，时间也仁慈了些许，湿润墙角的青苔长了一层又一层，人事和世事变迁也不大，故意拖慢了脚步等着似的。

早上街上最多的还是各色的早点摊。卖油条的地方总会有个铜锅热着豆浆牛奶，卖平锅炒面的摊子也能喝到鸭血汤。最多的还是学校门口学生排着队买的鸡蛋灌饼或者糯米蒸饭。这样能抓在手里的早餐最适合用来唤醒一天了。热气挟着香气在晨雾里横冲直撞，找到身上的每个毛孔钻进身体，唤醒还在打瞌睡的神经，逼着人清醒。少年们需要这样有活力的早晨。而老人就不同了，他们经受不住这样的带有攻击性的早晨，通常是早晨散步或晨练之后，去菜市场买上几个应时的小菜。顺路再去旁边的包子铺买上两个菜包子，或者一碗白粥。这些老人对哪家摊子的姜腌得嫩而不辣，哪家摊子的雪里蕻蒜末放得刚好，都是如数家珍。放不上台面的送粥腌菜中和白粥的寡淡，温柔地抚着喉咙。

在这里，摩登商场是有的，但青弋江下藏着的街里簇拥着的还是塑料的红框镜子和刻花的木梳。店里总会是有一张木桌，常年的衣袖磨损和擦拭将桌面打了层蜡，桌上总有一副厚厚的老花镜和厚厚的手写账本，而它们的主人在阳光处搬了把藤椅，和左右对面的店主攀谈，也不在意店里是否来了客人。来的都是些熟客，自己挑好东西拿过来，店主报个总价，客人付了钱还顺便留下家里人捎带来的新茶给店主尝鲜。角落里的姜黄色老猫舔着胡须眯着眼静静地看着这一切。一切都好像是昨日的重现，也像是往年的记录。可能前一个十年，后一个十年依旧是这样。店还在，人还在，猫也还在。

一切不曾变，我离开，我归来，来时冬夏，去时春秋。

小城没有为任何人做改变，也没有为我做改变。她就在那里，在没有人注意的角落里生长凋零。一年又一年，一代又一代，青石板换成柏油路，路边的狗尾草变成三色堇，小平房翻新规整楼房……其实我也知道，她一直在改变，不变的是她青弋江的微波、早春的青虾籽面和热气腾腾的小笼汤包。不变的是我上学路上的梧桐树依旧郁郁葱葱，不变的是家后面那颗银杏十一月还会一身金黄，不变的是我在这座小城里遇见的所有人，当然还有那个独一无二的自己。

我知道，她一直在等我，因为她知道，我一定会回去。

蓄水不深生芜藻

吾友有三

张 岭

倪生吾友，名曰作胜。长余两级，今已毕业，然好学不止，勤向所乐之事不息。所乐者，唯心理学而已，故今正为考研之事夜以继日。虽孤身一人于校外奋斗，倚灯火眠，披晨露起，食饮不便，焦躁难减，犹不言放弃。或与余言："吾所爱，难言放弃。"吾二人相识约莫两年，其为人颇和善，知人言，识人意，与余私交尚可。虽不曾时时交流，但长久之间，也是来往相聚几次。每每促膝长谈，把酒言欢，开怀畅食一餐，漫谈生活琐事，尽皆乐而往，欢而散。不强约何时再聚，但有时必乘风携行。吾与其交，始于跑步，盛于谈心，知人论世，述说己见，颇为痛快。或有冬日，自午后日正暖时，沿河道乱行，行至累时，就地而坐，沐日而言，不觉日落。方归，好识者皆以余早别矣！或有暑训之时，皆心有燥热，难行常事，遂相约一聚，为乐一番，其答余考研之惑，余解其孤独之感。兴有所致，燥热全无，食一顿烤鱼，加七碟配菜，便成一拍即合之事。谈心者，知音难觅，吾于倪生，可学谈心矣。

姓牟者，平日少见，故初见时多有误读，致笑话横生。其与余同处一部，共事两年，合作颇多，犹需磨合。吾少好独，性孤僻，多一人行，然今需与人共行，故多有不便。常不与人言者故不善言，余即深陷此中。每与其交流所需置办之事，其识半言亦可，俟其所嘱，三言两语而已。常为无序者故自乱，余亦深陷其中矣。为会之始，应知何述，写而查之；与会所述，当析缕分条，录而记之；会既已毕，当溯本追源，稿而撰之，然皆无。牟也者，两年余，得一本矣。寻而查之，皆有所书，知何所述，吾多忘乎！常善知人者故常为人知，余不善知人，故不常为人知。牟也者，善知人哉，常与人相嘻乐，无间也，余部门别者，好与其推心置腹，慕也。其遇事也，不躁；遇非也，可静；欢也，多乐；颓也，偶废。其人也，善大于恶，上大于下，多近可也。

叶宇者，余所近之人最长也，常言远吾等久矣。叶宇者，余所近之人最奋进也，孜孜不倦，绝无止境。叶宇者，余所近之人唯一也，擅知行合一。其所求，乃其所好，其所得，乃其所好，此中苦痛折磨，所历种种挑战，不可言尽。师承旅游管理之业，然中道殊途，寻所好之事，以心随之，今为马拉松体育赛事及旅游方面之先驱者，常行大好河山，自在山水之间，寻觅所需点滴，苦亦甘甜，甜亦甚矣。其所为此，非为其长，乃其好进，其唯一也。其好学，所好之事，点滴不遗；其好行，身先士卒，铁杵磨砺，旁人徒慕矣。吾可学之。

周者，待友善矣，吾亦知其好所亲之人远甚于旁。其今常行国外，难见也，久别重逢，亦如未别。

三，非尽也，非无尽也，皆余所友，皆有余所慕之处，余多慕哉，惟愿皆好，也愿多学其长，足兴致尔。

吾友有三

老街何故传新香

卞姗姗

积玉桥历经百年的人马车流，桥面中间绯红的花岗岩被磨蚀得灰白，两侧的青石板各自破裂，取饮大杯小杯汇流的雨水，喂养着不知哪年鸟雀叼来的不知名种子，三五棵小树侧生桥畔，又开出两团橘黄色茸毛花球，想必自是带有甜味儿，引来一只姜黄色小蜂吸溜嘴巴、抖擞着肚子，黏在茸毛里。

传说由生向死的黄泉路奈何桥铺满了曼珠沙华，指引灵魂往生。其中的真假不得而知，但积玉桥确是连接两个世界的通道，一路由南向北穿过，从繁华市区到明清古居，便由车笛喧嚣转而鸟鸣清幽，袁家湾老街的故事就此开始了。

青桐枝叶庞杂，凤凰非它不栖，人非凤凰，却也爱觅它乘凉。老街的梧桐如实记下几百年风雨里的颠摇，老街的人也见证着人生短短几十年里的春叶秋落。

初到老街，正午时分，被巷口梧桐树下纳凉的一位老人喊住，他端出裹着布条儿的小木板凳招呼我们坐下。他身后那块锈铁板上的银白印记还能分辨出几个大字："董记磨刀"；再往里看，一方一两平方米的小铺子堆满了各式磨刀石、小锤子，拐角的小塑料桶里装着磨刀时清洗刀具的浊水，长条凳上还浸着水迹，看样子，老人是刚忙完手里的活。得知我们来做调研，他饶有兴致地说起凤凰街的地名来历：

铁拐李来全椒渡凡人成仙，但人有私心，都想当神仙，铁拐李想了一个办法，让自己的肚脐眼那块腐烂到长蛆，说，谁要是用嘴巴舔掉蛆，就让谁去当神仙，结果没人。有一只公鸡扑棱着翅膀来了，公鸡见到虫子还得了！三下五除二就填饱了肚子。最后公鸡升仙当凤凰飞走了，那个地方就叫凤凰街。

说着，他用蒲草扇子朝小腿肚扑了几下，我的裙摆也受到风，有点飘，仿佛自己也是烟云缭绕中的仙子，正同月下老人聊着姻缘，难掩笑意，绿头苍蝇嗡嗡地把我的美梦闹醒，难怪人爱做白日梦，梦里果真什么都有，倒也有趣得很。

当问及从哪里听说这个故事时，我们本期待的答案是祖辈口口相传或是史料记载，可老人笑得很大声，朝路对面的奶奶笑，朝妇女怀里兜着的孩子笑，抬头望望天也笑，活脱儿像一个被点了笑穴、咯咯笑的孩子。我们也忍不住跟着笑到腰疼，笑累了。

"我编的哦，你们这些小家伙还真信啊！等过个几百上千年，我讲的话也是神话传说咯。"

这一点，我倒真没想过，现在流传的名人轶事甚至是史书所记，都有可能是先人茶余饭后的玩笑话，后人听着像那么回事儿，也就传下来了。一人说的东西在情，八人、十人、百人传诵便在情理。如今这番话我信以为真，就记下来了，然后在我的朋友圈里讲，再经另一个朋友圈，说不定不久后真成了民间"传说"。不由觉得这位爷爷的思想足够前卫，思考问题的角度更是独特，难怪作家们爱下乡采风写就长篇大作，大概体验了不同人的生活才能将不同人的性格写得丰满。

生活的千万般模样在我们的身上轮番上映，如同蝉鸣是烦心人耳里的聒噪，却是清闲者眼中的幽静，我们感受到七月调研的炎热远不及在生计中辛苦摸爬的一毫，可老人只将经营磨刀铺子当作退休后打发时间的闲活："老头子我啊，属羊，羊里的枯草羊、苦命羊，干了一辈子，闲下来就浑身难受，也不指望能赚几分钱，纯粹玩玩，看着人家把旧剪子旧刀扔了，我也心疼。"说着也笑，笑得温和，若不是皱纹爬得太深，一定看得见红晕。

自己给自己的人生下定义，自古难题，老人只用了"枯草羊"就说得通透。之所以很受触动，是因为我听曾爷爷说过自己是枯草羊，属羊也有枯草、富草之分，吃枯草长大的羊就再吃不了也不愿吃多汁的鲜草，忘不了本性，曾爷爷一辈子省吃俭用养活一大家孩子，年纪大了，孩子有出息了，哪怕只是添几件好点的衣服也舍不得穿，家里的剩菜不让倒，偏说臭咸鱼嚼起来香，连别人家扔了什么好物件都心疼一阵子。有人说这叫多管闲事，我觉得这是经过穷苦年代的老人都有的性子，人性子里的东西很难移除，这些"小性子"略显得可爱，像小孩子看家人扔掉了自己心爱的玩具，心疼也不敢质问，自己在一旁气得嘴巴鼓鼓。

想想我也笑了，又像听途经此地的活佛济公讲着游历四方的故事，还时不时拿自己打趣儿，偶尔扑腾个破扇，要是再晚些，恐怕得捉几只萤火虫塞进纸灯笼。

老街的老，不过老屋老树老人，老屋已然老了，颓圮的山墙滋长几棵茅草，砖瓦掉落，墙面斑驳。老树已然老了，梧桐在多年前一场台风后就歪斜着生长，快贴着地面，佝偻身腰，经得过秋不一定捱得到春。老人是唯一断然不会老去的，来之前，我和你们大多数一样，都以为人会随着生命的衰微而步入永夜，今日之后，我相信人是会永生的。生命的暮年靠笑容常青，"写文章要好玩儿，做人要有趣儿"是方维保老师常说的话，有趣的人打心底就是个孩子，孩子的世界只有成长，没有老去。

老街有气息，不是垂暮之年的阴沉，而是生命长青的新香，若硬是要说出一种花，应该是积玉桥畔开出的绒黄色花球，没有多香，但也足够引来小蜂。

学校里的猫

林婧婷

学校里有许多猫。

到底有多少？或许没有人会去统计。只是你能在图书馆的附近看见大猫拖着小猫成群结队吃猫粮。或者你走着好好的，从你脚底蹿出一只，化成一道黑影一闪而过，能着实把你吓一跳。有时你不经意一瞥，会发现在草丛里，也会有猫，它们喜欢在草丛里盘着，或许时间久了就真的能窝出小猫来。

生长在学校里的猫，总是有和外面的流浪猫不一样的地方。外面的流浪猫四海为家，长时间的食物匮乏与担惊受怕的日子让它们瘦骨嶙峋。学校里的猫，在学校里"流浪"。没有固定的居所，同样，也没有固定的食物来源。但是相比于流浪猫，它们无疑是幸福的。因为校园里的环境足够安全，没有人会驱赶它们。它们也会遇到很多给它们喂食的人，所以它们从来没有过于瘦弱，有些甚至已经圆成了球。

在性格上它们也有很大的区别。外面的流浪猫时刻保持着警觉，一有人靠近就急忙跳走，不想留下一丝身影，唯恐会受到伤害。而学校里的猫呢，不会如此敏感。大多数的猫当你先靠近的时候，它们会注视着你。当你再近一点，它们或许会缓缓起身，身体前倾，已经是呈现一种即将要走的姿态，但这只是预备动作，它们还是会扭过头来看着你，判断你的意图。当你再走近的时候……你基本已经没有再走近的机会了，因为它们基

学校里的猫

本已经跑路了。还有一些猫，是基本不怕人的，就算你走得再近还是"我自岿然不动"。它们在你靠近时只是懒洋洋地看着你，除非你要攻击它，不然它是绝对不会挪走的。即使你摸摸它的头，它也能眯着眼睛耐着性子和你玩一会儿。当它睁开眼睛之时，就是游戏结束的时候。想延长游戏时间？可以，交出食物。甚至还有一些，看到你走过来它也会很主动地走过来，伸出鼻子嗅嗅你，然后围着你转几圈。如果你运气好，它还会把头甚至身体往你腿上蹭蹭。虽然我也不知道它是想表示喜欢还是单纯地想蹭跳蚤。

有只猫在学校可出名了，是的，就是在情人坡上的那只有条纹的橘猫，大家都笑称它为"坡霸"。坡霸之所以被人这么叫，是因为它喜欢在坡上闲逛……不，或许"巡视"这个词更恰当。它经常就在情人坡上待着，走起路来颇有姿态。从前在它瘦一点的时候，它行走时就能看清它的骨头有规律地在起伏，尾巴半翘着，像是"人"字的一撇，十分有山大王的风范。可是现在秋天到了，我们长秋膘，它也肥起来了。从后面看它走路都能看见它的肚皮都快要贴地了，也不像原来那么骨感，越来越圆润了。高冷气息少了一些，倒是可爱很多。有时它就侧躺在小道的中央，也不怕人从旁边走过踩踏到它的皮毛，卧看满天的腿在动，所以发现"不知云与它俱东"那也变成了理所当然。

校园里的猫，除了有个性，还有文化。它们看过校园春日里烂漫的花朵，看过夏日晴空中炙热的骄阳，看过已被秋日浸染成金色的银杏叶缓缓飘落，看过覆盖在草坪上的冰雪慢慢消融。它们从早晨苦苦背书的人群中悠然走过，它们静卧在草丛中看着略显疲惫的学子披戴着星辰离开图书馆。它们看过四季变换，它们看过昼夜更替。像它们那样吸收着天地精华，日日受人文气息的熏陶，如果它们会写文章，我猜其文采不会比文学院的学生差。有时夜里总能听到猫叫，听着总觉得凄厉。当然不会是有人在虐猫，那我就猜测它们可能用猫语来抒发"夜里好冷"的感慨吧。叫了那么久，大概是声情并茂地在吟诵长诗。

学校里的猫，是极其可爱的生灵。有了它们，校园里才更多乐趣。乐趣之下还有和谐相处的温情，人对猫的关怀与猫对人的信任，难能可贵，让人回味无穷。

学校里的猫

童年的老柳树

魏娅婷

幼时，我经常和村里的小伙伴一起在河边的老柳树上玩。这棵老柳树长相奇怪，躯干向后弯曲，宛若一位老人慵懒地躺着，树根像八爪鱼的触手一样向四周延伸，交错着，紧紧地抓着地面。由于它弯着的躯干近乎平直，四周没有可以抓住的东西，走着登上这棵老柳树还是有一点难度的。可那时我们爱逞能，不服输，享受赞扬，把走着登上柳树作为勇敢的标志，所以来回走上走下这棵老柳树成了我们的娱乐活动。

每当我走上双手张开，小心谨慎地走上这棵柳树的时候，我总感觉自己像武侠小说里飞檐走壁的大侠，总不禁稍稍昂起自己的脑袋。四五岁的孩子也喜欢这个柳树，他们总是小心翼翼地骑在树干上，像"毛毛虫"一样慢慢前进，滑稽可爱。而此时，一位勇士从不会缺席，由于他动作灵活，又黑又瘦，头发总是毛躁不羁，我们叫他"猴子"。只见他手脚并用，右脚攀着树干，左手顺势扒着。接着，猛地一蹬，左脚右手同时向上，动作敏捷，三两下手臂便勾到粗壮的枝干。再接着，右脚顺势抬到勾着的树干，一转身便骑在了树干上，俯视着下面的我们，晃着两排炫白的牙齿，得意扬扬。

我却对此不以为意，我更喜欢走上柳树，坐在老柳树右边的枝干上，晃动着我的脚丫，然后起身，慢慢蹲立起来，奋起一跳，双脚稳稳地落在地上。完成这样一整套动作，仿佛自己就是最勇敢的王者。

除了在柳树上"走上走下"，和小伙伴互相较量之外，我们会在夏季柳树枝条茂盛的时候，摘下一些不粗不细的柳条，然后用刀裁成手指般长、一节一节的。用手将它们左右搓搓，直到感觉到皮和里面的木质分离，然后将木质抽离，制成口哨。继而，一群小孩子便和知了一较高下，杂乱、毫无节奏的哨声冲破天际，知了的叫声仿佛突然更加嘹亮了，在那一刻宣告着它们的不服气。

那些年的夏天，柳树枝丫繁盛，但柳条不怎么垂下，我们喜欢"缠"在柳树上，呼吸着清新的柳叶香，徜徉在透过枝叶穿透的斑驳零星的阳光里，看着树旁被微风吹拂的河水泛起一道道涟漪和阳光照射形成的点点"碎银"。我们也喜欢围绕着老柳树，互相追逐着，在伙伴们耳朵旁吹着柳枝制成的口哨。再回想，我所有的童年记忆都和这棵柳树有关，这棵柳树分享了我和小伙伴们的喜悦，也包容了我们的吵闹和无理。它就像一位老爷爷，我们就是它膝下的孩子。

可是长大了的我们，像鸟儿一样飞向了别处，它也被它的主人砍掉了。起初，我惋惜地看着河边遗留的它的树墩，最后那一片地方被种植的豌豆代替，它的踪影就一点也寻觅不到了，我也彻底回不到童年。

童年的老柳树

瓦罐里的春秋

汪　璇

　　老家的橱柜上有一架子的瓦罐，里面满满当当地装着奶奶的腌菜。奶奶特别会腌各种东西，一年四季地里长出来的作物没有不能腌的。春天的时候腌豇豆，夏天的时候腌小黄瓜，冬天的时候腌萝卜。

　　上小学之前，我一直跟着爷爷奶奶在乡间生活。于我，童年的味道就是奶奶腌的各种小菜的味道，又咸又辣。爷爷对奶奶这种什么东西都要放进罐子里腌一腌的做法十分不满，没营养、不健康之类的理由说了一箩筐。但奶奶丝毫不为所动，她有自己的道理：东西从土里长出来只是第一步，吃起来总差一股味道，总得进她的瓦罐里腌一腌才算没有糟蹋东西。小孩子的口味清淡，自然不爱吃这些东西，可是我别无选择，不吃这些就得吃白饭了。每顿饭"嘶嘶哈哈"的，几年之后也能就着这些东西大口大口下饭了。奶奶对此十分满意，她有自己的道理：能吃咸，能吃辣，不生病。

　　今年清明回家，正赶上奶奶腌豆角，我跟她一起去地里摘豆角。印象中，奶奶是个麻利能干、雷厉风行的人，小的时候她一手抱着我，一手提着满满一篮子的菜还能健步如飞。可是现在，她佝偻着身子，慢慢地走在我前面，菜篮子拖得她的脚步有点踉跄。"奶奶，我给你提吧！"我在后面喊，她还是那样默默地向前走，佝偻着身子。我忘了，奶奶的耳朵也不太能听清了。但是她摘豆角的动作还是那么麻利，奶奶一边摘豆角一边和我有一搭没一搭地聊天："我啊，土都已经没到胸口了。过几年走了，就埋到那边的坡上，能看着咱家，能看着咱家的地，挺好！"突然听奶奶这么说，我有些手足无措："奶奶，你别瞎说啊！没病没灾的，你还能活好多好多年呢。"奶奶牵起嘴角笑了笑，"人老了就是要走的嘛！这有什么，换个地方过日子呗。就是你姐姐，你哥哥，还有你，咱家这些孩子一个都没成家呢，也不知道有没有这个福分看见"，声音越来越轻，像是在问自己，像是在安慰自己。

回家之后，奶奶又开始麻利地收拾起来，在拾掇这些菜的时候，奶奶俨然一个霸气十足的将军，有条不紊地洗洗涮涮，手起刀落之间，豆角就变成了一条条细丝，整整齐齐地码在案板上。接着，奶奶把豆角丝丢进瓦罐里，重重地撒上几勺盐，压上几块大石头，封罐，罐子边沿浇上水，齐活！动作虽慢，有条不紊。"豆角好腌，你走的那天就可以吃了"，奶奶的语气里有一丝兴奋，我附和："真好！好久没吃你做的菜了，学校食堂的菜都淡巴巴的。""那可不，学校食堂舍不得放盐，我可舍得！"

几天之后，我在收拾回学校的行李，听见厨房窸窸窣窣的声音，不用想定是奶奶炒才腌好的豆角给我饯行了。土灶里的火苗上下跳动着，让人在湿冷的倒春寒里温暖又踏实。锅里的豆角丝泛着油光，一把朝天椒撒下去，呛人的辣味顿时从锅里爆开，就是小时候的味道！"洗手，吃饭！"奶奶还像小时候那样吆喝我吃饭。我夹了一筷子腌豆角放进嘴里，差点吐出来——实在是太咸了，咸得都带了苦味。奶奶问："好吃吗？香不香？"我赶紧往嘴里扒了两口饭："香，比食堂好吃！"我的舌头已经没有知觉了，嘴里却没办法说出让奶奶失望的话。

现在我们的生活条件好了，知道盐吃多了对身体百害而无一利，但对奶奶来说，盐就是能量。她经历过拿钱拿票都买不到盐的困难时期，她见过孩子们吃不到盐而软绵绵没有力气的样子，所以她才会把所有蔬菜都腌一腌，仿佛在盐水里泡过就是赋予它们能量，所以她才会在炒菜的时候那么狠狠地、狠狠地放盐。

我要回学校了，奶奶送我到车站，临上车前她递给我一个沉甸甸的布袋子，说："娃儿，听你说食堂的菜没味道，我给你装了几瓶腌豆角和辣

瓦罐里的春秋

椒片，你吃不下饭的时候就用这个下饭。你过年回家的时候还回奶奶家啊，那个时候萝卜应该腌好了!"

　　我提着上了车，这袋子真沉啊，沉得我想哭……

此间芳华——安徽师范大学文学院本科生原创作品选集

凌波行

曹晓言

很多年没有划船了。

小时候，外公打鱼总带着我。那时水好清，里面漾着柔柔的水草。木桨荡出水面，就扬起串串晶亮亮的珠儿。我总是挥舞着不安分的小手掬水玩，往往洒得满头满身。外公照例是纵着我，任我回去躲在他身后冲妈妈做鬼脸儿。

后来外公去世了，小木船也渐渐朽坏，再没有人常常带着我划船了。

这次放假回老家探望，闲谈之余追溯往事，大舅笑着提议去见识一下新的水泥船，一怔之下，欣然应诺。

熟梅天气半晴阴。携着小侄女手摇摇摆摆登上船时，正是个乌云翻卷的午后。但因为在空旷的田野，并不觉压抑，反倒是空中氤氲的水汽，平添几分清爽。水乡风物，越发妩媚了。

桨声悠悠，小船轻轻摇晃着。小侄女依偎着我，清脆的童音渐渐染上睡意。大舅微微笑着，不时向河中抛洒着渔网，溅起水声如环佩叮咚。我坐在船头，清风拂过山峦，河畔白杨簌簌而响，满枝的宽大绿叶翻飞舞动着，似一只只淡青的蝶。两岸树木繁茂，大都依水而长，如临水自怜的佳人，将自己长长的秀发拖曳在碧波中。更有一小小香樟，婀娜的身体完全熨帖在水面，船行过，我笑着撷一片叶，那樟叶玲珑，冷香沁人，宛若凝碧。

从船底抓一把泥土浸在水中，一道泥痕由浓至淡，消弭无迹。有人曾

说："男儿是土做的，女儿是水做的。"这样的比喻，会不会也是觉得水和土是一切的本源呢？我轻轻笑着，感受着这一刻水的柔腻土的沉凉。风自发间穿过，痒痒的。我一偏头，一幢掩映在草木间的老旧的木屋，缓缓掠过眼前。突然间心中竟升起了淡淡的沧桑，一首古老的小词，随之现于目前：

"吴山青，越山青，两岸青山相送迎。谁知离别情。　　君泪盈，妾泪盈，罗带同心结未成。江头潮已平。"

千年时光匆匆掠过，当年的吴越之水，可还记得一对有情人的生离之苦？

桨声缓，凌波行，清风至，古意起。一叶扁舟，稳稳地荡漾在这浩渺烟波之上。这一弯生生不息的水啊，自古老的远方流来，千百年多少悲欢离合，都绵密匝绕在水底，并在微风吹拂之下，晃碎做无数凌凌细波了吧。将手浸在水里，清凉而舒适，回首遥望，苍穹之下，长河宁谧，舟行无迹。水，至柔是你，无形无色；至刚是你，千载不息；有情是你，滋补万物；无情亦是你，吞没生命。我庆幸生在一个河网纵横的江南水乡，在迷蒙的水汽中长大，有机会一次又一次走近水的世界，轻触这水灵和沧桑。

俯身沉凝之间，忽有晶凉液滴打在身上，竟是又下起了淅沥的雨。大舅忙调转方向快速往回。今日天公似知我意，干脆让我更痛快地亲近一下水呢，只可惜不能在水上再耽搁了。也只是稍微失望了一下，世间事，美中不足方显珍贵。且雨中湖面笼着雾气，别有一番韵致呢。

尽兴而归，撑着爸妈送来的伞，我揽着侄女，立在河边。遥望凌波行处，无痕无迹，水声空灵，烟气四起。漫天的雨声中，仿若刚刚的一切从未发生，转瞬无痕。

凝伫，久久。

回身，一笑。

此间芳华——安徽师范大学文学院本科生原创作品选集

佛　曰

郑可儿

六月乃是每年的夏季正当时，树影婆娑，绿荫成片。树上鼓起嗓子呐喊的知了总会给从街道路过的行人增添些许夏日的烦躁之感。

昨日突降大雨，因着地面潮湿，我便索性偷懒家中，不时翻阅书卷。忽客厅传来母亲传唤："舅妈问你，可愿意和她一同去寺庙为你表弟祈福。"想着在家亦是无聊，便很快应允了。

然即使我与舅母早上五点出门，到了山脚下，上山的人却早已排成长队。舅母挽着我的那只手不自觉地在抖，不停小声忏悔自己来得如此晚。不经意地向一道上山的人望去，他们无不在低声祷告，脸上都充满了一种焦急的希望。寺庙中只一老僧，不言语，身旁侍者大声唱喏："佛曰：'不可说。'"对来者只赠一锦囊。不管来者多少，每日只准备100个锦囊，赠完即止，上香的人以给香火钱价高者得之……回到家中舅母拍案大笑："我儿有望，我儿有望。"表弟被拍案声惊到，打开门一探究竟，门缝很窄，游戏还没来得及关。

漫长的高考揭榜日来临，吾家电话久不响，估计表弟已名落孙山。不想次日，舅母登门造访，不等母亲问候，进门直说："大师就是大师，果真算的没错，我儿子第一次就该考不上。"母亲细问之下，舅母告知，大师给的锦囊上只一道横线，我与母亲稍对视，彼此无言。日中，舅母主动留下吃饭，却久久不肯动筷，筷子举起，放下，举起，放下，嘴唇被她咬得掉色，眼神直勾勾地好似在看着什么……忽地，眼睛突然迸发出

光彩，直抓住母亲的手问："你家墙上的孔子像何时买的？可是前年阿女高考前买的？怪不得，怪不得。"不等母亲回答，舅母早已夺门而出，口中念念有词，原来大师的意思是我儿高考不能只靠一尊大佛保佑，待我去买个孔夫子画像……我回头往墙上的孔子像望去，想起我 10 岁那年，父亲出差回来给我买了个孔子像，还顺手在上面写下两句寄语：好好学习，天天向上……

又是一年高考季，上山祈福之人依旧众多，人影攒动，祈祷声不息，舅母亦在行列之中。山上只一老僧，不言语，身旁侍者大声唱喏："佛曰：'不可说。'"对来者只赐一锦囊，价高者得之……得锦囊者，出寺庙皆相顾一笑："佛曰：'不可说'，'不可说'。"……待过了揭榜日，久不见消息，母亲便致电询问，舅母疑似情绪不高，待问到表弟是否高中时，舅母只回了一句："佛曰：不可说。"便草草挂了电话。

声色江南情

张雨晨

每个人心中都有一个烟雨朦胧的江南梦。

撑着油纸伞，走在长满青苔的石板路上，于白墙黑瓦间，邂逅一个丁香一般的姑娘……

我曾经梦到过江南的模样：

春天，流经村庄的小溪清澈见底，青石板带着潮气，水田边生长着大片的紫云英，空气中弥漫着好闻的香气；

夏天，梅子熟了，知了在树上唱着歌，放学归来的孩子冲进房间，咕嘟咕嘟灌下一碗外婆熬制的梅子汤；

秋天，秋雨绵绵，空气中多了几分凉意，树叶从郁郁葱葱的绿变为深深浅浅、层层叠叠的黄；

冬天，天色略有些阴沉，温度不高，却也不至于跌破零点。房梁上悬挂着腊肉，柴火毕毕剥剥地烧着，锅中的汤已经炖了几个小时，揭开盖子，热气蒸腾，香气扑鼻……

江南，早已随着文字与图片，进入我的梦里。

暑假，跟随实践团队来到查济古村进行文化调研。想着向往了许久的江南风貌终于要出现在眼前，前往查济的路上我满心欢喜。

查济的风景没有令人失望，粉墙黛瓦，烟雨朦胧。更难得的是，仙境般的美景中有着淡淡的人间烟火气。

实践的第六天，我们在二甲祠欣赏了查济乡土艺术团的表演。不同于

想象中的吴侬软语情意绵绵，查济的乡土艺术中饱含着生活气息和劳动热情，有着独特的韵味。

很有精气神儿的老爷爷站在台上，戴着草帽拿着锄头作犁地状，抑扬顿挫地唱着小调儿；主持人神采奕奕，说完主持词就自己表演了一段，声音穿透力极强，赢得满堂喝彩。

休息时间，我们找到了团长爷爷。听说我们是来调研的学生，团长爷爷很高兴。他告诉我们，艺术团共有60多位成员，基本是查济的居民，平均年龄60岁左右。大家在退休后自发组建了一支表演团队，正是为了发扬乡土文化、传唱流传了多年的旋律，让查济有美景，更有人文气息。

休息时间到，演出继续。因为我们的到来，团长爷爷在演唱灯歌时把歌词改成了对学生的欢迎。拉二胡的爷爷告诉我们，灯歌是查济的地方小调，要用方言来唱。灯歌的歌词可以自编，一般是关于查济风光、生活场景的，形式很随意，兴致来了就可以唱两嗓子。

我们也参与了艺术团的表演，上台体验了一把。

伴随着抑扬顿挫的口号声，八个人协同配合，一拉一拽，将手中类似鼓的道具高高抛起。一人领唱，其他人和，跟随节拍一拉一放，旋转转位，完成打夯的表演。据说打夯的源起于劳动时所喊的号子，讲究一个齐心协力。动作不难，但要求每个人都用力均匀跟上节奏，就需要一番协调与几分默契了。

团长爷爷拉起二胡，另一位爷爷吹起笛子，二甲祠里响起了《歌唱祖国》《天路》等熟悉的旋律。不管能不能跟上节奏，也不管音准，唱起来就对了。几曲终了，嗓子有些哑，但心里高兴。

团队中多才多艺的学姐表演了一段舞蹈。优美的芭蕾舞姿与《北风吹》奇妙地结合在一起，虽然没有提前排练过，但每一个节拍都刚刚好。抬脚就能跳，张口就能唱，或许这就是艺术初生时的模样吧。

参与其中，方能感知乡土文化的真正魅力。

由心而生的歌词，随性自然的表演风格，不受限制，人人皆可得。根植于生活的艺术不需要拘泥于形式，在自然的天地中、在劳动中随意生长，生生不息。

唱腔、技巧都不重要，重要的是大家的激情与节目带来的热闹氛围。如同豫剧、秦腔等传统剧种，将生命中的悲欢离合都融进唱腔之中。

在这个古朴的祠堂中，表演者与观众聚在一起，一如几十年前没有电视、没有网络、娱乐资源匮乏的年代。简单却铿锵有力的歌词，让人从坚硬的水泥路面上回到了最初柔软芬芳的泥土中。由表演引发的，是一份奇妙的熟悉感，一份久违的感动。

原汁原味的乡土节目，让安详的村落有声有色。

好一场江南梦。

声色江南情

听

孙新月

坐在我前面的那个女孩子，梳着高高的马尾，发圈上缀着一片明黄色的塑料柠檬，很可爱——高一开学第一天，我百无聊赖地坐在教室里听着班主任的长篇大论，盯着前面同学的后脑勺发呆。忽然，刚刚还被我评论过的女孩子转过了头，很清秀的面容，大而清澈的眼睛，高挺的鼻梁，红润的嘴唇，嘴角还有一个小小的酒窝。她带着甜甜的微笑把信息登记表递给我，出于礼貌和对她的好感，我回了她一个真诚的笑，正要说点什么，她开口，那一瞬间，我有些茫然无措，反应过来之后，更多的是失落与惋惜。

她说话很吃力，而且含糊不清，我根本听不懂她在说什么，而原因，是她的听力有障碍。

片刻的沉默后，我有些尴尬，接过她手中的表格，假装自己已经听懂了。她脸上没有任何的不自然，点点头转过身去。我盯着刚刚才发现的她耳中带着的助听器，脑中冒出这样的想法：她为什么不去特殊教育学校呢？

诚实地说，我对残障人士不抱有任何的歧视与偏见，我只是觉得她既然有生理上的障碍，在普通学校学习会有很大的压力。她会跟不上学习的进度，也许会被他人用异样的眼光看待。想到这么一个美丽的女孩子可能会有的遭遇，我的内心充满同情和担忧。

事实也确实如此，在班级同学第一次自我介绍时，轮到她上台，我能清晰地看到大家脸上诧异的表情。在她与别人的交谈中，我能感受到对方在努力辨认却依旧听不懂后的茫然与隐隐的焦急。我甚至听到有人在走廊小声议论她的听力。因为听力障碍，她的成绩排名也一直靠后。每次经历这样的事情，我都会为她难过，可她好像一点都不在乎，唇边还是总是挂着那颗小酒窝，笑得纯净又甜美。

我曾真心实意地想去帮助她，可想不到什么方法能让她在自尊心不受挫的情况下接受我的帮助。去咨询老师，老师却说："最大的善意就是不把她当成特殊对待。"是的，老师们都把她和普通学生一样看待，没有不管不问，也没有特殊关照，只是会在听她说话时多一份耐心，在她有困难时多一些关怀。于是我也这样做了，收起多余的同情，以最自然的方式相处，即使交流还是有困难，我也渐渐习惯了以平和的心态去听、去理解。而随着时间的流逝，周围的同学也不再将她视为异类，只是把她当做班级普通的一员。

后来我们成了关系不错的朋友，某一天我终于鼓起勇气问她当初为什么要选择在普通学校就读。她的眼睛里没有难堪，反而闪过一丝光亮。她说她认为自己与他人并没有什么很大的不同，想要过平常的生活，如果去特殊学校，那就承认了自己是不一样的存在。她在正常的环境中可以过得很好，特殊的对待与同情，她不需要。她说话还是比较吃力，语句还是会让不熟悉的人难以分辨，可她的表情是骄傲的，没有一点自卑与沮丧。她还很感激老师与同学的平等对待，让她觉得很轻松很快乐。她虽然听力在生理上有障碍，却能清晰地"听"到内心的自尊，"听"到外界的善意。

上了大学之后我们不再经常联络，可每每看到她的照片，都是笑靥如花，自信而明媚。我没有担心过她以后的生活，因为我知道，她能"听"见一切的美好，像所有人一样，去实现自我、追寻理想，拥有一个欢喜、完满的人生。

听

一行红字

张云云

最后一排的女孩子嗫嚅着，小小的手抠着卷皱的书角，低着头不说话。"没关系的"，晓晴柔声安慰道，"同学们给她一些掌声好吗？"女孩终于张口回答了，声音很小，但晓晴听见了，她立刻说："很棒！"教室里，孩子们使劲拍着手。

"这个女孩，和我那时候真像"，晓晴心里念叨着。

七年前，晓晴刚上初中。她内向、敏感、学习成绩差，家庭条件也不好，未来一眼望得到底——念完初中，出去打几年工，回来找个老实的男孩子。在学校，她一个人安静地坐在窗角的位置，孤独地守着自己那一方小天地。

女孩子性格中天生带着细腻，晓晴手中的笔，写下的都是绵绵的内心。"文笔细腻，感情真挚。你一定是个恬静温婉、踏实努力的女孩。"作文本上，一行红字触动着晓晴的心——原来，在章老师心中，她是这样的学生啊……再想想自己整日里的慵懒，晓晴羞涩得捂着耳朵红了脸。她想，假若自己真是这样的女孩，该不能叫老师失望吧？

那一行红字，像一捧温和的阳光，洒落在晓晴的世界。"恬静温婉、踏实努力"，晓晴不愿辜负自己。小房间里的灯火夜夜亮到很晚。她期待着每一周的作文课，熟悉的文字被那个沉稳有力的声音诠释着。讲台上的章老师读着读着，眼神里的笑意就溢了出来，与那温暖的阳光一同，融化在她的心里。

晓晴渐渐开朗起来，学习、班委工作都很出色。那一年的九月初，她收到了县一中的录取通知书。她满心欢喜着，奔赴向往了好久的学校。三年，风雨兼程。晓晴顺利地考上了大学。她的高考志愿表上，清一色都是师范院校——那一行红字是她心中的阳光，也点亮了她想为别人播撒阳光的梦想。

日子悄悄过着，一晃眼，晓晴已是大二的学生了。这个寒假，学校开展社会实践活动，她回到母校实习，指导老师便是当年写下那一行红字的人。

母校一切如旧。晓晴倚在教室外的栏杆上，和老师分享大学生活的点点滴滴。她说到自己的成绩优秀，拿了一等奖学金；说到自己致力于志愿支教，精心陪护学生；说到自己参加师范生教学技能比赛，拿了一等奖；说到自己多么热爱教师这个职业，并可以为之不懈努力……这个女孩，早已褪去了羞涩，落落大方。她的生活如她的名字，"晴"空一片。章老师静静地听着，眼角的笑意一如当年。冬日的阳光，暖融融的。

实习的日子，她体会着初为人师的欣喜。孩子们的作文，她细细品读。手中的红笔，留下一行行娟秀的字迹。

她想，评语写得用心些，字要写得好看些。说不定哪一行红字就照亮了哪个孩子的心呢。

此间芳华——安徽师范大学文学院本科生原创作品选集

夜空中最亮的星

程　蒙

　　离开怀远时候的心情是复杂的。在路边等车的时候，大片的葡萄藤架映入眼帘，绿色的，郁郁葱葱，满是生气，碧波下晶莹的紫宝石熠熠生辉，葡萄熟了，她该走了。

　　她忽然很想车子来得迟点，她觉得她应该夜里走的，想再看一次怀远的夜空，太美了。满天的星星，眨呀眨的，这里夜的味道甜甜的，宁静清和，让人有安全感。吃过晚饭后，博学多识的学长身边总会围着三五个小孩，两个小手撑着脸，饶有兴趣地顺着他的手势看向天空，然后听着天狼星长庚星，眼睛都发着光亮，他们的嘴角总是上扬的。孩子们开始叽叽喳喳讨论起来，她听到一个平时挺调皮的孩子说：我以后要当天文学家，要教你们认识更多的星星。一脸认真。她莫名感动。这时一个小女孩拉住她的手，仰着头说：老师你也来和我们一起看星星吧。女孩笑的时候露出两个小虎牙，很可爱。或许，趁着夜色启程，才不会觉得有那么多的遗憾……

　　车还是来了，怀远已渐渐在身后了。十天时间能有多深刻呢，她不知道，她只知道在这里体会到了最纯粹的情感，这是她这辈子都不会忘怀的。很感谢在青春的当头，她做了这样的决定，不为工作，不为名利，不为索取，只是为了一个热血沸腾的念头。志愿支教一直是她想做的事。当然她也不会忘记，到这里来心里最先打退堂鼓的也是她。地方是个好地方，可是支教队员的生活条件太差，与预期的差距太大，原定好的食宿地方因故没有了，没有吃的没有住的，男女十几个人共用一个卫生间的尴尬，洗澡洗衣服上厕所都在一个地方的不方便，让她无所适从。晚上和学姐们一起在居委会的会议桌上睡觉，没有被子，只有两卷凉席。半夜总是被虫子咬醒，刚来的第一天晚上，她身上就被虫子咬得整块整块红，又疼又痒。她和家里人诉苦细数这里条件的恶劣，她跟在学长后面问什么时候可以回去……然而所有的艰难和不适，都在看到那些孩子们的时候烟消云散了。

她带的是一到三年级，年龄最小也是最难管理的班级，学生人数最多。孩子们就是这样的，好像没有什么不熟悉，很快就能适应对方和打成一片了。那些孩子的眼里都是纯粹的光亮，他们读书的声音真大，感觉在教室再多待会儿耳朵都要震麻了，可是她还是喜欢。她让孩子们保护点嗓子，不用那么大声，孩子们还是那个样子，认真，不知疲倦，好像有使不完的气力。她总能从他们身上看到朝气和希望，她喜欢和孩子们待在一起，就算没有课了，就算教室里闷热，她也乐意。孩子们总是来得很早，她洗漱完就去学校了。好几个小孩就在学校门口，大老远地喊她老师。她一脸幸福。

她上课的时候，孩子们高高地举起小手回答问题，叽叽喳喳地讨论，再仰着头看着黑板听着她说，她觉得没有比这更好的事了。有次连上了三节课，嗓子里火辣辣的，她觉得说话都疼，但嘴角眉梢都藏不住的笑意。当然也有调皮的孩子，听课不认真，课堂上有许多的小动作，别人写作业的时候他睡觉，她会假装生气，郑重其事地跟他讲道理，看他有改意然后换个形式接着上课。她想想应该是自己的课上得时间长了孩子们觉得无聊了，因为她看到那调皮的孩子在上动物认知课的时候听得两只小耳朵都要竖起来了，对未知的世界充满好奇。她发现在台上和在台下是不一样的，坐在下面听课感觉一节课很长，站在台上讲一会儿工夫下课铃就响了。下课的时候，就和孩子们一起玩游戏，玩玩闹闹，感觉自己也和他们一般大。他们带给她太多的感动了，他们灿烂明媚的笑脸，他们朴实真挚的话语，一次又一次激荡着她年轻而灼热的心。而她想告诉这些孩子们：你们

一定要相信有人正关心着你，有人会跋山涉水来到这里，只想做你前行路上的一盏灯或一束光，做陪伴你成长的一颗星，跟在你身后，陪你看到更高远的天空。

她想到那个一直拉着她手不肯放的孩子，是个眉目清秀的女孩，天生有智力残疾，但特别喜欢学校。女孩一遍又一遍喊她老师，她上课不听也坐不住，她把书拿倒过来问她怎么写，她还是会认真地写给她看，虽然女孩看不懂也学不会，可是她看到女孩笑了。后来做个人总结的时候听到一个去年就来过这里支教的学长说，那个女孩明显开朗多了，爱笑了。学长把女孩送到家门口的时候，女孩对他说：老师你先走吧，我家有狗，怕咬你，等你走了我再开门进去。她泪流满面。

是的，她能做的事很少，可是真的能够给孩子们的生活带来一点改变，也许就是很多这样一点点的改变，能让他们找到更好的自己。

知识可以被遗忘，给人心灵带来的温暖是不会被忘记的。她想他们来到这里，就是带来一些希望的种子，最好的是种子在他们心里生根发芽，苗壮成长。

老师，你是天上最亮的那颗星星，发着光呢。孩子脸上写满天真。

她现在懂了，她与孩子们，都是彼此夜空中最亮的星……

此间芳华——安徽师范大学文学院本科生原创作品选集

一棵树的未来

程　石

老屋门前有一棵树。

叫不出名字，只知道它的岁数比我还大一些，就这样生长在离老屋几米远的花池里，年复一年地生长，旺盛又热闹。这是一棵长青的树，树叶在夏日的阳光里绿得发油，绿得刺眼。哪怕是在冬天，绿叶的尖头也会刺破覆盖在它身上的积雪，俏皮地露出一点点绿色，装饰着银白色的世界。

很多年里，这棵树一直保持着向上生长的旺盛姿态，但奇怪的是它很少向四周生长，所以显得有些"瘦高"。但即使这样，夏日里我仍喜欢去那棵树下乘凉。其实那棵树长得并不好看，甚至有些"随意"，但在我眼里它却是那样的与众不同。就是这样一棵看起来一无是处甚至还不够美观的树，我却对它充满回忆。

和附近的孩子们一起在树下玩耍；数不清的夏日里在树下乘凉；坐在树下用一本书消遣一个下午；亲人离开时我对着它默默地流着眼泪；在那棵不会结果的树下我埋下了同样不会有结果的少年心思……

我印象深刻的是那一次，哥哥拿起斧头挥向树的时候，我在一旁拍手叫好。幸运的是，爷爷及时拿起扫帚追出来解救了那棵树。可惜依旧留下了一道不会愈合的伤痕，爷爷怜惜而无奈地说："造孽啊！造孽哦……"就是这样一棵树，我之前从未想过它，因为它的存在太过于合理，以至于成了一种习惯。但之后我正式上学了，自然很少回去。

后来爷爷的突然离去让我很长一段时间的生活变得有些压抑，看着爷

爷的灵柩入土后，我们收拾了东西就离开了，我转身望了一眼那棵树，也许是气候的原因吧，叶子竟有些泛黄。我自我安慰地想，大概到了冬天就好了吧。然而直到奶奶去世，这棵树依旧没有振作起来。

像是人到中年一样，这棵树的腰杆似乎没有以前那样挺直了，叶子也变得稀疏——这大概是自然界万物生长的规律吧，不断生长也就意味着老去。一瞬间像是失去了生的念头一样，这棵树在静静地等待着老去，就像是老屋里曾经生活过的老人清晰地知道孩子们不会回来一样，它知道自己的春天不会来了。夏天阳光穿过，树荫被割得支离破碎，在书页上留下斑驳的影子——这棵树仿佛大限将至了。然而我们谁都没有在意。

祖辈们相继离开后，我们几乎不回家了。老屋成了一个家族的文化符号，然而我们谁都没有办法去鲜活它，就像那没人去滋养的树一样。也是，老屋在乡下空荡荡的，什么也没有，回去干什么呢？以至于后来的节日里，亲人们三三两两相约回家，也只是远远地看看就绕道离开了。我开始担心那棵，那棵陪伴我成长，如今却在秋风中瑟瑟发抖的树。

不过后来，那棵树不再属于我了——老屋最终被卖给了别人。老屋里曾经生活了许多人，只是后来，每个人都忙着自己的生活，都忙着为当下奋斗，忙得合情合理，又如何去指责别人不顾家呢？至于那棵树，还在生长？已然死去？还是被连根拔起？我已然不知了，自求多福吧！何况我知道又如何？我亦忙着学习和生活，我亦远走他乡。

但我不会忘记那棵树。

它的树干上还有一道不容忽视的伤疤，那是我儿时调皮的"勋章"；我曾在它小小的树荫下乘凉，消磨一个又一个漫长的夏；也曾倚着它放肆地哭泣——它见证了我的成长，也目睹了一个家族的聚散离合。

老屋门前有一棵树。叫不出名字，只知道它的岁数比我还大一些。离开老屋的很长时间里我很少想起过它，也许它曾来过我的梦里。直至一日我突然询问我的父亲，他思索了半天，摇摇头，只是我转身时隐约听到一声若有若无的叹息。也许它也曾到过我父亲的梦里。

可当儿时的记忆涌现，我恍惚间又看到了那棵树，它或许已经被家里的人遗忘，连同养育我们的乡土一起，被放在早已逝去的回忆里，等待着被掩埋。那么我们的乡土呢？我们的乡愁呢？我们对故乡的依恋和热爱呢？大抵已经跟不上我们为生活而奔走的步伐了吧。我依稀能描绘出那棵树的轮廓，可我对老屋的模样已渐渐模糊，印象里只有在风里伴着树叶哀鸣的树，那棵冬天再也不会冲破白雪覆盖的树。

　　然而就是这样一棵树，我从未想过离开它，就像我从未想过离开老屋，离开亲人们一样。但我也相信，他们和我一样，也会在忙中得空的时候，想起那棵树，那棵和我们再也没有联系、再也没有未来的树。

一棵树的未来

星空无言,理想有光

宋润泽

教学楼群,近万个叽叽喳喳的灵魂在清晨一哄而入,又会在黄昏一哄而散。于是到了太阳匍匐于情人坡下、暮色一层一层晕染虚空的时候,这七栋古堡般的宁静雕塑就成了天地的中心。他知道,在每个沉沉的黑夜里,有缄默的教学楼在等着他。

他照例熟练地登上了七号楼的顶楼。水房旁边的拐角,是两扇极大的窗户。酒精的怂恿使他一把拉开窗户,踩上檐角,就这样暴露在了夜空里。苍茫的夜色逼着他向星空更深处探头张望。

月亮已经爬上中天,颜色也由暖黄变为洗练的白,惨兮兮的,似无光泽。在天与地之间逼仄的,是敬文图书馆,如盘古开天辟地一般,为试图划分着黑暗的边界线而做着无谓的努力。花津河上的廊桥边缘,苟延的灯带奋力投射着微弱的黄光。桥上本少人走,更何况这是个中秋节呢?东南望去,学科楼群静伏于地,好似万马齐喑。楼群无语,他亦无语。夜的耳根清净,静得可以谛听自己的心跳。

他怔怔地望着这片不曾熟悉的夜空。三个月前,他曾自信地顶着的,还是家乡小城里最具光芒的那片夜空。那片夜空笼罩的,曾是小城里最有机会触碰荣耀的一千名高中生。每当他在那片夜色的沉降中捧卷时,他孩子般期许的,是镶嵌在武汉的画卷里,那片东湖映照着的珞珈山巅的夜空。他似乎始终相信,那里的满园樱花在等他轻嗅,那里的雕梁画栋在等他摩挲。可是,那个让全家人茶饭不思的六月末,全省名次上较模拟考试多出的那一个零，志愿上三次失之交臂，让他真的变成诗里说的"秋士"，邂逅了师大这片从未料想过的夜空。

胃里的酒精开始发酵，他想起几个小时前，和室友们一起在学校门口的饭馆里匆匆过了中秋。少年心事当拿云，饭馆里室友关于理想的阔论乍听固然心潮澎湃，细细一想却又顿觉实现无着。他感觉晕晕的。他向前探了一步，探头下望，只见雕甍在下，秋风猎猎。他的眼光自诩轻抚过这片夜空下笼罩的一切：残荷擎盖，秋叶满地，寒蝉凄切，这是师大给他的最深印象。他心一横，想闭上眼睛，脑海中却闪过几多期许、几多不舍。他突然畏缩，踉跄地连退两步，只好翘首望起被行知楼刺穿的杂乱无章的虚空：月的光线如此黯淡，空中的星也好似倦于部署，任凭自己被杂乱地洒在空中。偶有星点闪闪，好似举棋不定，寻不到自己的所在。

难道梦想真的就这样在夜空里消散了吗？他怎会甘心，又怎能甘心呢？但他感觉黑夜正舔舐着他，他的伤口就有了一阵浸渍的疼痛，火辣辣的。夜的无章又让他头晕目眩，深深的无力感犹如一头巨兽从背后扑来。他恰感觉他掌管着这无言夜空的一切，垂头丧气却又心安理得。西北而望，四十九栋宿舍楼整齐地亮出一排一排的光，光线比这中秋的月亮还要亮。他紧盯良久，却找不到哪一束光与他有关。他似乎本就不属于这里。他希望这只是一场梦，梦醒了，他抬头不经意撞见的，将正是期许良久的天空。

然而自己终究属于这里，也只能属于这里，故事自兹只能在这里扮演，沉潜于心底的理智不失时机地冒出来提醒他。他不由得又望向敬文图书馆，只见从每一片窗户里，都喷薄出兀兀穷年的光来。他想起在经过楼下时，自习的人压抑着音量的读书声。在萧瑟的风中，有人空能泪汪汪地喟叹"前不见古人，后不见来者"，却也有人可以大手一挥"俱往矣"，笑叹"大江东去"。他又抬头看着星空，一轮圆月早已就位，为夜空建立着参照系。其他的星点，无论从哪里来，在这片夜空里，也都渐次部署排布，找准自己的方向。既来之，则安之。何况星的来路不尽相同，却总也被这片夜空一一映衬——这正如杂然奔突在行知楼，却各自有着方向的数

星空无言，理想有光

万灵魂。

　　穹顶之下，星空无言，理想无言。他的志向纵难免孑然，但初尝孤独的人艰难地招架孤独，习惯孤独的人高贵地享受孤独。理想有光，星空就能因此点亮。他的目光陡然坚定，立起衣领，在夜色的掩护下，撤退。

孟 爷

王鑫泽

　　孟爷是我家的老工人，他伴我度过童年，在我记忆里，孟爷是一个瘦弱的老头，消瘦的脸和长长的鼻子。我那时候觉得他人也是高高的，长大后才发现他是一个比爸爸还要矮一些的老头。

　　小的时候大人们总会逗我："泽泽，明天就不让你孟爷在这干活了，让他回家。"这时候我肯定会一把抱住孟爷，大哭不让孟爷走，结果总会引起哄堂大笑，这种方式似乎屡试不爽，总能给大人们带来快乐。

　　在我那时看来孟爷是一个无所不知的老头，任何问题，我都会去问他，因此我的小脑瓜里，都是有一些奇怪的知识。孟爷每天都会和我们一起吃饭，这便是我最快乐的时间，他总会坐在那个位置上，我总会坐在他的身边。我问他："孟爷，朝鲜和韩国是什么关系？""它们本来是一个国家，后来，美国的大炮船，把它们割开了。"孟爷会拿着透明的白酒杯对我说。那时候我真的是很天真，我在想那个大炮船到底是怎么把土地分成两半的，它肯定有一个很尖很尖的头。他也会向我讲他的老家，在想象中那一定是一个富硕的地方，有好多小麦还有玉米，但是人们有外债，因为他们不会"过日子"。

　　他实实在在地什么事都想着我，他记得我的生日，而且每年他都会给我送个大蛋糕。奶油的蛋糕里还有那个莲花蜡烛，在中央点火它会唱着生日歌展开花瓣，每次它张开都会让我激动地大呼小叫。我喜欢娃娃玩具，如果他在外面捡到了，他都会带给我。我还记得娃娃玩具里有一个光着屁

股的小婴儿，一个黑黑的芭比娃娃，还有一个长着雀斑的金发小公主，我和孟爷一起把它们洗得干干净净，可妈妈总会偷偷扔掉，我会大哭着给捡回来。此后就和孟爷达成秘密协议：下次给我娃娃千万不能让妈妈看见。我想妈妈那时应该很讨厌孟爷吧。

他会给我讲他年轻时旅游的经历，那是我最爱听的话题。他向我讲大连的老虎滩时，脸上的胡子都会跳舞，他太兴奋了，我也太兴奋了。我不断询问老虎滩有没有老虎，他说没有，但是我还是不相信，我相信以前那里肯定住着许多老虎。现在想想，那真是一幅画呀，一个头发斑白的老头，拿着一双筷子，抿着小杯白酒，旁边是一个仰着小脑瓜的孩子，专注着听着什么，饭桌上的人渐渐少了，最后只剩下他们，没有人可以进入这一老一少的世界。

后来，我长大了，好像逐渐"懂事"了，我听到奶奶说什么怀疑孟爷偷拿东西，我还听到爸爸说什么孟爷越老越糊涂，我又想起了小时候爸爸对我说，你还小什么都不懂，他毕竟是个外人。现在我开始明白了爸爸嘴里的"外人"是什么意思，从此以后，他似乎也成了我的外人。他还是会像以前一样坐在饭桌的一角，但我不会问他问题了，因为我觉得他什么都不懂，我开始讨厌他吃饭发出的吧唧吧唧的声音，讨厌从他嘴里或者是假牙缝里散发的食物残渣的臭味，讨厌他夹菜，夹上来又放下，夹下来又放下的反复的动作。每次他用过的餐具，我要反复清洗几遍。

他真的一点都没变，生日蛋糕和会唱歌的莲花蜡烛也没变。过生日他照常会给我买蛋糕，可是我心里是不满足了，我那时喜欢冰淇淋蛋糕，喜欢水果酸奶蛋糕，谁还想吃奶油蛋糕啊！他笑嘻嘻地递给我，我一脸堆笑地说："孟爷下次别买了，多破费啊，明年您千万别买了。"我那时真的是太聪明了。他也照常给我捡娃娃，他知道我喜欢娃娃，可是他不知道，我已经长大了，虽然还是一样喜欢娃娃，但已经不喜欢别人丢弃的破娃娃了，他给我的娃娃都被我扔进了垃圾桶，我相信他看见了，因为我是故意让他看见的。

总之那个时候，我真希望他快点离开我家。

又过了几年，我真正成为像父母那样的成年人，家里也添了一个弟弟，弟弟和孟爷天天黏在一起，吃饭的时候坐在一起，弟弟不嫌他脏，吃他夹的菜，也爱听他讲的老虎滩。喜欢他捡的小汽车、小飞机。那时候我在心里感叹："弟弟还小，什么都不懂，他毕竟是个外人。"

　　如今，孟爷早已不在我家做工了，但是到过年时他总会来看一看，我只会说一句："孟爷，你来啦！快坐下。"然后生疏地应酬几句就回自己的房间了。

　　我庆幸也羡慕：孟爷在弟弟"懂事"前，离开了我家。那份感情即使会遗忘也不会变质，真好。

孟
爷

父亲的散文诗

夏晓晓

"2000年6月21日，我还在异乡，女儿躺在妻子怀里，睡得那么甜。今晚她的哭声我没能听见，明早还要按着闹铃去诊所。"

"2014年6月21日，我的新诊所今天开业了，是女儿生日的这一天，这是个好日子，只是以后这一天也许都回不去了。"

"2018年6月21日，我的宝贝女儿今天成人礼了，爸爸十几年来没有照顾好她，真希望长大了能有个人好好疼她。"

这是我父亲日记里的文字，是他用生命留下来的散文诗，远在异乡的我看着泪流不止，却只能用背影告诉他我要继续远行。

我已经不记得儿时的自己是什么模样，天真烂漫抑或一无所知，但我却清晰地记得那时的父亲健壮高大，只手便能拎起他巨大的行李箱，那时候我总觉得父亲是无所不能的，虽然他在我的生活中出现得很少很少。那是一场突如其来的雨，凌厉的雨把学校门前的路砸成了一片泥滩。身边的同学一个个被父母拥在怀中，用雨伞和怀抱呵护到了温暖的家中。天色愈发阴沉，心也跟着沉了下去，默默地收起书包走出了早已被值日生灭了灯的教室。雨依然在砸着路面，好像还砸在心上。"啪嗒"一滴大雨珠落在我的脸上，水花绽开模糊了视线，朦胧中我仿佛看到了那个高大的背影，甩甩头自嘲地想："别傻了，爸爸还在外地给其他小朋友看病呢，爸爸最厉害了！"可是那个雨中的身影真真切切，愈来愈近。是他，真的是爸爸，爸爸来接我了！在父亲温暖的怀抱里，我记得浑身湿冷的自己被爸爸烜得暖烘烘的，那一刻的自己仿佛是世界上最幸福最骄傲的孩子，脸上的笑容收不住地溢出，想要让所有人知道我有一个世上最好的爸爸。那时的我年幼稚嫩，那时的他高大健壮，他给我的陪伴少之又少但却弥足珍贵。

十八岁对每个女孩儿来说都是个不一样的数字，花一样的年纪，含苞待放。"妈，我们下个星期五举办成人礼，你让老爸赶紧买票吧。""成人礼我去就行了吧，等你高考结束过生日再让你爸回来吧。"妈妈的一番话迅速把我打回高考倒计时的现实里，只是我知道，高考结束只是我的解放，爸爸，依然要在他那小小的诊所里用自己的汗水与泪水为病人送去温热吧。回到房间默默地拿起地上散落的作文纸，一篇，两篇，似乎篇篇都有父亲的痕迹，整书理卷，只为那个有父亲的城市不懈努力。周四的夜晚，华灯初上，被英语试卷熏得昏昏沉沉的我走出了校门，四下打量后走进熟悉的车中。"最近……怎么样呀？"浑厚的男音竟吓得我一个哆嗦。"爸？你怎么回来了？"爸爸不好意思地挠挠头说："你妈说明天是你们学校的成人礼，我寻思着还是回来好，爸平时也没能好好陪着你成长。"车内，漫长的沉默氤氲开来，空气像凝胶一样滞在鼻尖，怎么也吸不进胸腔里。"爸爸，做得不好啊。"伴着长长叹息的哽咽声好像洋葱刺鼻的气味一般窜进我僵硬的身体，眼泪吧嗒吧嗒怎么也止不住。两百多天暗无天日的学习，独处外校的孤单好像都在此刻找到出口般一涌而泄。张着嘴想对爸爸说没关系的我却无法发出一个音节。周五的清晨，成人门，成人帽，红晃晃的宪法，一切都昭示着今日的特别。"请家长为孩子佩戴成人帽。"坐在我们后方的家长们开始向前挪动，父亲也随着人潮来到我身边。许久没有如此近地与父亲面对面了，为我戴帽子的父亲双手抖得很厉害，双鬓开始斑白的他脸上泛着倦容，似乎也没有儿时那般高大健壮了，好像……只比我高了一点。是啊，我成年了，可是亲爱的爸爸，请您别急着变老好吗？

满塘接天的莲叶裹挟着我的期待与希冀。只是如此的生机一片为何心中却总有着丝丝抽痛？曾经的一家人分居两地，现在的我们却要分居三地，或许日后的陪伴会愈来愈少吧。看着父母离去的背影，心一点一点地

父亲的散文诗

沉下去。爸爸，再见呀！一个满月的夜晚，关上节目室的门默默抹去脸上的泪水，一场真情的父女演绎，不是节目需要的流泪而是切实的无奈与感恩。"爸，我爱你!"对着话筒多年没吐露的爱在此刻决堤，忍了许久的泪水奔涌而下，圆圆的月亮泄了一地银光，倒映出月下女孩笑得甜蜜的面庞。

那　天

茆　蕾

国庆假期的第二个晚上，我在老家P城第二次见到了达哥。

我和达哥是通过我的闺蜜二毛认识的。二毛与我从小学起就是同桌，关系好到穿一条裤子，分享所有的秘密。直到中考结束，我考上了一中，她去了一所私立学校，我便和达哥成了同桌兼死党。

没有好友陪伴的假期就像没有星星的夜空，寂寞空洞，乏善可陈。老朋友许久不见，回老家的第一件事就是一起出来吃个饭。十月的P城开始降温，这里靠近长江，夜里的空气弥漫着潮湿的雾气，混合着木樨、槭树的味道，仿佛要把一切有关童年的气息揉进人的肺里，名曰乡愁。

"今晚有什么安排吗？"二毛问我。

"没什么要紧的事，我爸妈不在家，今晚跟你混。"

"唱歌吗，还是打麻将，我把达哥和他朋友叫上一起。"

"四个人啊，那打麻将吧。"

那天，两辆小破电瓶车载着我们穿行在空旷的夜色里，一行人的嬉笑声从儿时老街的小巷里淌过，好像在宣扬着咱们年轻人的无忧无虑。从马路上拐进一条砂石小路，电动车微弱的前照灯扬起一阵阵尘土，惊动了院门前的土狗。这是一片工厂区，工人们住在东边的蓝白板房，路口停放了几排盖着尼龙麻布的工程车和拖拉机，穿过这片颠簸的土坡，才到了达哥住的厂房。高中毕业后，达哥就没再继续读书，他和他哥一起开了这个汽车修理厂，每天修一些破旧的二手车，倒手再卖给别人，讨个生活。运气

好的时候碰上些个好车，自己也拿来开一开，在外挣个面子。

"最近生意越来越不好了，"达哥从顾客留下的车上翻出一包好烟，直接拿出一根抽起来，"过两天后面的工地要动工了，这路一封，鬼才上咱们这破地方修车。七条。"

"碰。"

"不然就别干了吧，"一个朋友说，"你看你那身上过敏的，天天接触这些劣质油漆，不生病才怪。"

"我不干你养我啊，"达哥吸了一口烟，"二饼。我就会修个车，其他的你们那些动脑子的事我也干不来。"

"二饼啊？我和了，你放炮，给钱给钱。"

"妈的，我都输光了……"达哥笑着摇头。

…………

夜里，达哥送我们出来，他把双扇的巨大铁门推上，从屁股口袋掏出钥匙上锁。这一幕在我脑海中回放了很久很久：二十岁出头的年纪，肩膀还不算宽厚，担不起多少负重。没什么远大志向，大概所有的人生场景都在这扇灰蒙蒙的铁门后面，抽烟，喝酒，打牌，修车挣钱，然后买烟，买酒，输钱。我很难去否定这样的活法，因为达哥不是一个坏人。

"太晚了，你们两个女孩回去不安全，我们骑车送你们吧，"达哥一边说一边把外套脱下递给我，"晚上有点冷，你穿吧。"

没有理想信念，但是踏实做工；动脑念书不行，就会一门粗活手艺；说话粗话连篇，却也知道照顾女性；没房没车没钱，然而肯为朋友花钱。你不能要求他好好读书改变出路，因为他不喜欢也做不到；你也不能要求他提高自身的素质和修养，因为他连这个月的饭钱还没挣够。

我喜欢这样真实的小城市民。

童年的老屋

周云云

童年的老屋是昏矮的黄、淡淡的绿。

前一个春天我手植的风景树曳舞在斑驳的青白瓦墙上，活泼地演绎着一出出梦幻的皮影戏。酣睡中，淅淅沥沥的"雨声"传入梦乡。一睁眼，映入眼帘的便是夜明珠似的被清晨的阳光烘得发亮的绿叶，三五成群地打闹着。原来你们便是我睡梦中的"雨声"，我会心一笑。便一侧身，将绵软的被子抱在胸前，一阵丝滑的清凉愉悦心头。"这下可以更亲近你们啦！"我心想。窗台上几片枯叶无声地躺着，柿子树间不知愁苦的麻雀儿蜻蜓点水般来回穿梭。丝瓜青绿的藤蔓蜿蜒着依偎在树干上，在一排排低矮的青石墙顶上。"枯藤老树昏鸦，小桥流水人家，古道西风瘦马，夕阳西下……"我不禁吟诵着。"云啊，起床喽，早饭早就烧好了。"不觉何时爷爷已立在屋中。

至午，我早早地来到厨房里，像往常一样吩咐道："爷爷你去菜园里摘菜，我在家中淘米。"爷爷咯咯地笑着，肩膀因笑而有节奏地起伏，像老树摇着拨浪鼓，抖落了一地枯叶。黝黑的手拿起菜篮，根根手骨树根般虬结在一起。"好！我去摘菜。"说罢，一个弓形便向菜园慢慢地去了。"爷爷你在灶下烧火，火不要烧得太大哦！"我一本正经地接着说："要不然菜又要烧糊喽。"爷爷又咯咯地笑着，肩膀又因笑而有节奏地起伏，应道："好嘞！"小凳子在我的脚下不安分地唧唧咋咋作响，好像要把我从灶台边甩下来。"先放酱油，再放盐。"我自言自语，忙活得不亦乐乎。

"啊!"我突然拍腿大叫:"我忘放葱了。"便又赶忙加在已盛出来的菜上。"尝尝我家大厨师烧的菜!"爷爷笑着拿起筷子夹菜。我双手一叉腰,头一昂道:"那是,云云大厨哦!""爷爷给你吃这个。"筷子上的一团饭一溜烟似的跑到爷爷碗里。爷爷笑呵呵地把它放在嘴里,牙骨因咀嚼而上下蠕动,像极了一台老旧的机器,喀哧喀哧……终于嘣的一声。"哈哈,爷爷我把有沙粒的饭给你吃了。"说完蹦跳着跑到一边朝爷爷做了个鬼脸:"咯咯咯,好吃吧!"拉长了的"吃"字显得特别刺耳。"小丫头,看我不去打你。"爷爷抄起家伙便要来追我。"啊!"我尖叫一声便箭离弦般冲出门外,笑得前俯后仰。"这一家人在干什么呢,在门外就听到笑声了。"住在邻旁的二奶奶总是这么爱打趣。"小鬼丫头,什么事笑成这样子哦!"笑得上气不接下气的我费尽最后一点力气把下颌翘得高高的,仰视着二奶奶,"嘿嘿"的笑声又直溜溜地从脖子里钻出嘴外。"今天中午吃得挺丰盛嘛,还有鱼。"二奶奶又道。爷爷又立即笑了起来,肩膀抖得更厉害了,末了竟笑得咳嗽起来。"大哥,你今天下午能不能帮我把一个小田犁一下,就我家菜园旁那个小圆田,没多大。""就菜园旁那个小圆田是吧,我知道,好嘞!""那真谢谢你嘞!"二奶奶双手握在胸前连连拜道,那动作因夸张而滑稽极了。说罢,又大步流星地走出门外,一个身影从窗前一晃而过,又传来一声道:"谢谢大哥了啊,下午可别忘了嘞!"

烈日下,人们亢奋火热的心潮慢慢消退,火热的红残留下一片昏黄的余温,白天纷扰的燥热悄无声息地落幕。在一片黄昏里,鸡群贪恋着大地的丰沃,不时地在我看来空无一物的地缝、碎石间啄着。晚霞也要模糊了,被黑夜斑驳着,搅释着。它们终于将肥头左右摆弄着,好让喙置地上擦了个干净,才又将肥头端正好,红红的鸡冠漾起余波。这才不紧不慢地迈着归拢的步伐,一个挨着一个坐在笼中,全身的毛肉都松塌塌地堆叠着,眼睛半眯着,喉咙里发出此起彼伏的哼鸣声。"云啊,回家吃晚饭喽!"回头看见小小的窗子里亮着满屋昏黄的灯光,灯下爷爷弓着身子摆弄着餐饭。我的身子也在黄昏中消散了燥热,一阵阵清凉的风抚弄着我的发梢,还是那么丝滑的凉……

关于金银馒头的往事

杨　卓

一

在外吃饭，总能看见一道叫金银馒头的点心，它是半份白面馒头和半份炸馒头的组合，需要蘸着炼乳吃。因为身边的人都喜食米饭，所以很少会去点它。

可它仍占据着我记忆的一部分。于我而言，它是初冬凛冽的清晨，是狭窄热闹的街道，也是一个孩子舌尖上的往事。

二

小时候街上有一个早点铺，经营这个铺子的是一位老大爷。因为和家里有一点亲戚关系，所以我唤他为大爷爷。大爷爷脸上的皱纹很多，头发半白，他每天穿着一个白围裙在冒着热气的蒸笼和揉面的案板间穿梭，但他腰板总是挺得直直的。大爷爷是一个不苟言笑的人，在我们小辈看来，他很严肃。

父亲的单位每年初冬都要组织一次集体活动，所有人早上都会在大爷爷的铺子里吃早饭，我也跟着一起去。这是我每年最盼望的事情，因为可以吃到大爷爷做的金银馒头。而大爷爷也只在这个时候才会做这道点心。

大爷爷的铺子总是冒着热气，因为人多，所以很嘈杂，但是他能用洪亮的声音掌控着一切。而我总能灵巧地从杂乱的环境里抽身而出，安静地

品尝手里沾着炼乳的金银馒头。我无比确定的是，那种味道让我十分地幸福。

那时的街道还不宽敞，没有呼啸而过的车辆，只有自行车吱吱呀呀的声音，人们早起买菜或串门说话，从不躲在屋子里上网或吵架。即使初冬的天气雾蒙蒙，可所有人的心里都很明亮。

我经常站在铺子前，一边吃馒头，一边看着这条街道。旁边是伯伯家，堂哥早就去上学了，伯母清早就去屋后不远的小瀑布边上洗衣服。街道的对面从左到右依次是商店、木匠铺和诊所。

商店的客人多，牌友更多。店门前总是会有一桌又一桌的牌客在那里消磨着时光，从早到晚，从春到冬。木匠的铺子里永远是木屑飞扬，夹杂着锯木头的声音。但是对这间房子我是十分恐惧的，它的里面总会停着一具做好了的黑漆漆的棺材。如果有一个人离开，就会抬走一具棺材，但是新的又很快会被造出来，然后等着新的人来把他抬走。木匠铺子里永远藏着死亡的神秘。

距离木匠铺几步之遥的就是诊所，那里没有现代医院冷峻的白墙和很多冰冷的器械。它是民国式两层楼的建筑，有着五光十色的玻璃和上了年头的砖瓦。有一位中年女医生经常坐在门口织毛衣。女医生能做的是治疗街道上人们的小毛病或者给女人接生，如果是大毛病，那么人们就去医院或者静静地等着死去。

现在回想起那个时候的我，似乎拿着一块可口且冒着热气的馒头在铺子前站了很多年。我静静地站在那里，年复一年，看着商店向外扩张；看着木匠老去，铺子落了锁；看着诊所成为一片废墟，女医生音讯全无。后来父亲的单位也不再组织活动，我也再没有吃金银馒头的机会。

最后，大爷爷的早点铺也关了门。最后的最后，大爷爷走了。

正常的时候，一个人的死亡过程是缓慢的。除了少数人能够安详离开，大多数人都会被疾病折磨到最后一刻。大爷爷生了病，他被儿子带到外面去治疗，又被送回了家。回家的大爷爷没有再升起早点铺的烟火，他的病越来越沉重。

在大爷爷去世的前一段时间，他拎着两瓶酒，带着一些东西来到我家，和我祖父聊天。那时大爷爷面色泛黄，眼窝深陷，瘦骨嶙峋，已经完全没有以前的精气神儿，他的手微微颤抖，再也做不出来一道道美味的食物，死亡的阴影笼罩着这位老人。大爷爷知道自己将不久于人世，所以想在自己还能走动的时候最后见一见故人。我给大爷爷沏茶，他夸了我几句，这让我又想起了金银馒头。

不久之后的某一天，大爷爷去世。其实我和这位老人除了一道点心并没有很多的交集，甚至有时候，我很怕他的严肃。但是在那纯朴如歌的岁月里，他的好厨艺给了一个小孩冬天里最好的温暖。

三

前几天，我和友人坐在明亮整洁的餐厅里，看着菜单上精致的名称眼花缭乱，我点了那道金银馒头。端上来的时候，它无热气，散发着微微奶香，摆盘倒是很好看。我掰了一块，蘸了中间的炼乳。一入口，我就知道，这是流水线上生产出来的食物。

我并不排斥，这是社会的发展。但是，街道、早点铺、木屑、诊所以及和蔼的人们都消失了。商店门口的牌友依旧还在，可他们的头发早就花白，儿女们都已离家。

十几年的光阴流逝，大爷爷是何模样我已很难想起。但我仍然记得杂乱又温暖的早点铺，我的舌尖上依然留着金银馒头的麦香。

蓦然歇步,那景却映心光澜影处

龚书娴

　　曾赏遍无限风光,却一直心留惋惜之情,因那目光所及之地大都是汹涌的茫茫人潮,我常被身不由己地裹挟着,在风景名胜处疾行,难以获得片刻的停歇。似乎,每个人的脚步都很匆匆,我也仿佛成了他们中的一员,在恍惚中提起脚步向远方走着,走着……其实,我并不喜欢这样的自己,这像是一个没有灵魂的人在美景处飘过,不曾留下一丝痕迹亦不曾带走什么。渐渐地,我要求自己学会改变,放慢脚步歇一歇,用心体悟着走进新的境界:于有景处赏景,更于无景处赏心,此刻我便真的感受到了那自然人文之景与心灵碰撞激起的微澜。

　　姑苏五月旧曾谙。五月的苏州,在阳光的照射下懒洋洋的,小桥流水人家静谧地倚着春景,一切都是如此的和美相谐,正是此时我走进这姑苏城内。时逢五一佳节,四方游客也涌入苏州,拙政园、狮子林、枫桥等景区内都人满为患,很多人拿着手机在重要景点处应接不暇地合影留念,游船入口处也排起了长队……人群在快速地移动着,而我却选择远离这支队伍,跟着心的感觉走,从突现的小门走,沿幽深的小路走,在能够放慢脚步之处开辟属于自己的游赏路线。我在园内慢慢地走着,细细看着每一分每一寸的景色,有时我会对一株路边的小花情有独钟,也会在一棵树前沉思良久,还会在池边静观波光粼粼的水面。与这些自然万物交流,心情也变得愉悦起来,它们的美会让人感叹生命的独特魅力,也会使人痴迷于大自然的神笔造化,我便是在这不经意之中与它们交起心来,希望绘下它们的倩影并永存脑海。如此，我便有幸与院内所有景色融为一体，并能够亲身体味它们演绎的精彩；反之，若在人声喧闹之所，紧随人流未敢放慢脚步，这机械游览的结果只能是出园之后缺少内心的真正触动与心底的深刻记忆。探访苏州园林，可能我收获更多的是细微的感动而不是宏伟园林景观的震撼，更多的是意外之美而不是规划路线之妙。我与苏州园林极像是在进行一场精神的对话，我亦对江南水乡之景产生了一种更加强烈的依恋之情，它的美不是惊天动地式的而是舒缓静美式的，这正是我深爱它的地方。

"一花一世界，一叶一追寻。"从前的姑苏只是脑海中的幻想、照片上的图景，以及文人墨客笔下流动的文字，如今慢慢地靠近，蓦然歇步后发现最真实的它，旧时的朦胧好感与现实美景都一一地对应起来，共同构成了我那旧曾谙之感……

史痕流芳话古今。现代生活中，人们都喜欢将去博物馆、看艺术展作为修饰自己的途径，似乎在里面逛一圈就可以被看作是高雅之人，但实则是走马观花并不能从中获益多少。年内，我也参观了不少博物馆，遍及皖粤湘三省，大大小小也有六七个了。我踏进博物馆大门的时候，就告诫自己：纯属为了好玩，想进去随便逛逛，然后发个朋友圈，真的没有意义，不如认真地看，从中实实在在地学习一些知识。先是像完成任务一般步子很快，我在每一个玻璃橱窗前飘过，过了一段时间之后，我歇下脚步，走走停停，继续看着那些令人眼花缭乱的文物。我开始发现了一些与众不同的东西：形态各异的陶罐原来有各种令人意想不到的用途，贵族玉器的佩戴方式也有其讲究，古人枕头上的画也可以绘得那么精美……随着历史的演变，每一件古物都在向我传递着那个年代的无限风韵，更在潜移默化中让我联想起曾经学过的历史知识。在慢慢地品赏那一件件历史珍品的过程中，我好像逐渐看清了历史划下的痕迹。原来，文物并不是毫无生机的，它们看似沉寂上万年，但可以在重见天日之后为我们讲述一个个鲜活的传奇。

"奇文共欣赏，疑义相与析。"这不是与人共话，而是与物相语。在文

蓦然歇步，那景却映心光澜影处

物面前，唯有蓦然歇步，方能引发心灵上的共振。

众里寻景千百度，蓦然驻足，那物却映心光澜影处。歇歇步伐，不经意间，你会看见未曾见过却一见倾心之景，会感受到超然于世外望尽天涯路之情。只要，只要你能够放慢自己脚步，驻足欣赏一番，仅此便足矣……

此间芳华——安徽师范大学文学院本科生原创作品选集

平凡之路

章泽宇

众生皆等，没有成熟与幼稚之分，亦没有深沉或肤浅之别，哭也笑也平凡着才是唯一的答案。

——题记

前几日去医院探望生病的姑父。他是脑溢血引发的二次中风，尽管做好了心理准备，但当我看到他话语不清、左腿及左手几乎失灵的模样，还是忍不住落泪。想着上一次看到他还是笑呵呵，在家中忙前忙后，怎就成了这副模样？

生而为人啊，是否必须经历无尽之痛？

痛在生理，痛于内心。

像诸多生病的亲朋，像千千万万的陌生病人，也甚至我们自身或多或少都会感同身受。真真切切，落在肉体凡胎上的痛楚，在每一分每一秒刺激着敏感多疑的神经。它们的出现似乎没有原因，只是身体发肤的破坏与企图自我修复。

而源自内心的痛更像是伴随着人的一生。现实的底色是苍白，大多数的人生只能在格式化的庸碌生活里苦觅梦想，如蝼蚁般缓慢前行，日子里如有一丝涟漪，更害怕那是苦难与不幸。恋人别离，朋友背弃，家人伤病，囊中羞涩，无奈但也只能背负所有。

谁人不痛？但这些又恰恰是生而为人最后的真实。

有人在问："我也不过是一平凡之人，为何要遭受此般痛苦？"那么看看那蜉蝣吧，不也以柔弱无依的身体承受着死亡的迅猛吞噬吗？你为它的

朝生暮死而惋惜，但它们不曾将惋惜的时间留给自己。

因为它们知道，痛是乐的来源，痛是生的意义，痛是筋疲力尽却不愿低头的倔强，是在腐旧的伤口下依旧鲜活流动的血液。

逝者如斯夫，不舍昼夜，人生也无非是在有限的时间里完成既定的使命。有些生命轰轰烈烈，更多的生命卑微如斯，就像你我，我们要做的便是尽今生绵薄之力。

痛不可怕，平凡也不可怕。只要还对未来的自我生命抱以向往与申请，积极地去创造生活，珍藏所有美好回忆，勇敢面对别离，那么也就能获得"向死而生"的真正含义。

此间芳华——安徽师范大学文学院本科生原创作品选集

繁华错过喧嚣，而我遇见你

丁　宁

我在无数个夏日看过许多次的云，戏过许多次的风，嗅过许多次的雨，听过许多次的蝉鸣，却只遇过一个真淳的你。

原谅我在这个七月前并不识得你的芳名——水东，听说，你来自千年前的盛唐，可我竟没来得及问你可曾见过古镇上来往的外邦人？唐朝的美人儿是否真的雍容丰腴？柳永所写之曲是否真的婉转绮丽？十八踏之上是否真的响过哒哒的马蹄声？乾隆皇帝又是否留下何种赞美之词？

你只是静静地依着繁忙的街市，却过着自己的生活。偎在窄小的阁楼上，早已习惯了雕文刻镂的屋梁上散发的潮湿的味道，推开窗，你或许也习惯了对面布满灰尘、窗格紧闭的木房，你从未在意，只顾得上让新鲜的

阳光好好抚慰沉睡已久的木质陈设，让它们古老的灵魂得到些许呼吸。

每天清晨，我跟随着你穿过曲折不平的青石板，轻叩着这些同样静待了千余年的灵物的心房，路面两旁的青苔常常显得木讷。你会走下"十八踏"，去"五道井"旁淘米洗衣，我也曾不解地问过你，为何要舍近求远来到这里，你只是笑而不语，我也只听到隐约传来的五道井泉水静静流淌的声音。午后的你，最爱躺在临街的一把藤椅上，摇着一柄蒲扇，听着在我看来异常聒噪的蝉鸣，沉沉入睡。你不知，我偷拿过你的蒲扇，尚有股清香。

一口道尽千古事，双手挥舞百万兵

我知你是不喜在游人颇多时出门的，总要避开这些时分才到巷中逛逛。先是到皮影馆里坐坐，说是如此，有时却能待上一个下午。推开那扇雕花木门，迎面的便是一股子陈旧味儿，打眼就能看到置于院后正中的一方戏布。记得小时候，我只在外公放电影时见过这样子的幕布，眼前的虽小些，却好不巧致，与那旧时露天的老电影给人的感觉，既有熟悉，又觉新奇。穿过摆着数条笨重木质宽板凳的堂子，光亮透过天井洒在湿润的院中，湿滑的青苔覆在青石板上，又映在那一方戏幕之上。

此间芳华——安徽师范大学文学院本科生原创作品选集

一字排开的皮影小人儿静候在窄小的操作间内，无声，但不无息，它们在等待，"千年"，不过是眨眼之间，"愿为一心人，白首不相离"仿佛才是它们的追求。"相识满天下，知心能几人？"守护千年，只为寻觅一位知音，寻觅一位愿意与其一起讲述逐渐湮灭的历史的——知音。而如今，皮影传承已寥寥无几，但老艺人们依旧在坚守，它们亦是，亦在紧拥着一丝微弱气息，等待下一个千年的启封。

《武松打虎》《三打白骨精》《薛丁山征西》《杨宗保挂帅》，一幕幕的皮影戏从那白布后精彩演绎着，老艺人咿咿呀呀的唱腔带活了皮影小人儿，而你向来只做安静的听众，待到曲终人散，便离开。皮影馆外，已是傍晚，一纸灯笼印着"皮影"二字，氤氲着暖黄的光亮，映在你回去的青石路上。

袅袅云梳晓髻堆，涓涓秋净眼波回

细雨添日愁，和风掠檐后。朗朗清风，夹着细雨，在你看来，最是舒爽。你习惯在这样的天气到吴记木梳店和吴师傅唠唠家常，手持那一把你一直带在身边的木梳，反复轻抚着齿背，上面的烙花有些模糊，却大约看得出来那是并蒂莲的模样，虽说是块老物件，许是你带在身边久了，周身仍是光亮如新。

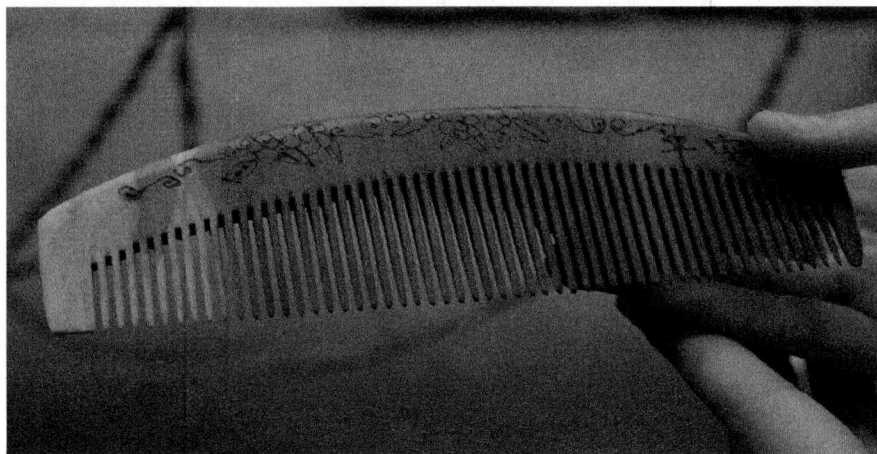

繁华错过喧嚣，而我遇见你

做着工的师傅从不抬头看着你说话，只管忙着手里的活计，你似乎也不是为着他而来，心有灵犀地盯着他手里的木梳。"袅袅云梳晓鬓堆，涓涓秋净眼波回。"一把木梳，从原木到打磨，到打样，到锯齿，再到成品，共二十二道工序，每一步都凝结着师傅们的心血，每一步的纯手工制作，都是木梳匠人对传统技艺的守护。我曾问过师傅为何不用机器大批量制作木梳，师傅说，"你不知道，这枣木也有情呢，只有用手去触摸它，才能够知道它适合什么样的木梳。"掌心之间，方寸之外，产生着一种奇妙的碰撞。

雨停了，屋内的"哧哧"声尚未停止，你起身告别，手上的木梳散着枣木香，屋内一把新梳又似香味更盛……

泥塑钟离木雕木，不见元皇大道君

从枣木梳店出来，最后你会在那家"十八踏奇石馆"门前驻足，也从不进去，只在木门槛外坐靠着，看着徐师傅一遍遍地雕琢、打磨那木雕底座。古诗有云：花能解语还多事，石不能言最可人。徐师傅是个"怪人"，从不与你多言语，自然，你也不是多话之人。

东坡居士亦云：山无石不奇，水无石不青，园无石不秀，室无石不雅。当奇石遇上镂刻木雕，火花亦在绽放。徐师傅馆中的奇石皆是由他亲自上山收集而来，时间久了，连石头也变得同他一样，不温不火，运回来，从不急着出手，全凭着"随缘"二字。木雕亦是其随性所为，三十余年来皆是如此，倒也洒脱。只要每一件精美的木雕、奇石作品都蕴藏着其倾注的深情，就好。一如这屋外细绵的雨，一如你。

　　黄昏时，许是因着雨天，天已暗沉，街灯已亮，没了蝉鸣。你躺在窄小的二层阁楼上，木板松动，发出"咯吱咯吱"的声响。镂花的木窗未合，我站在街上，看着暖黄的光亮泻下来，掬着青石板上的青苔。我转身走后，雨未歇。

佳康卓玛

段懿珂

去年八月的时候我在香格里拉做义工，在雪山学校里遇见了一个藏族小女孩。

一张圆圆的小脸蛋上镶嵌着一双明晃晃的大眼睛，眼睛下方点缀着两朵可爱的高原红，脑后绑着一条乌溜溜的小辫子。她个子不高，初次见面她拉着我的手，腼腆地用蹩脚的汉语自我介绍："我叫……佳康卓玛。佳康，是幸福安定的意思，卓玛代表女孩。"

佳康卓玛学习能力不如其他孩子，每次都会给她布置简单的任务。最后一堂课上，小佳康卓玛在完成自己的任务——画树苗后，却提出想画其他孩子正在画的公鸡，我看着她渴望的眼神，先是怔疑几秒，随即为她拿来了几张纸。

她带着跃跃欲试的兴奋拿起了笔，先左右打量其他同学是怎样画的，然后又自己琢磨起来。我在一旁注视着：她下笔很艰难，在纸上戳了一个点后，描了一个三角形，又涂涂改改成圆形，很快一个可爱的小鸡头出现在纸上。接着，她握着笔开始在纸上踌躇，我猜想她大概在构思吧。画了一道歪歪扭扭的斜线，擦掉，再勾一条……这样重复了好几次，她开始抓耳挠腮，在桌上趴着盯了一会儿画纸，随即向我投来求助的目光。我握住她的右手，边念步骤边带着她画。"先向左再向右，再勾回来……"不一会儿一只公鸡的轮廓有模有样地呈现在纸上，佳康卓玛紧锁着的眉头逐渐舒展开来。

下课铃响了，其他同学都欢快地从椅子上跳起来冲向门外，而佳康卓玛在座位上纹丝不动。我在她耳边轻声询问："需要休息一下吗？"她坚决地摇摇头。我遂继续坐在一旁默默陪着，打量着专心画画的她：眼神中带着一分信念与执着，手中的笔仿佛是她的武器，小手紧紧地攒着它，在纸上缓慢地移动着，呼吸很轻，带着紧张却又带着一分笃定。

　　我有些无聊地玩起了手机。忽然不知过了多久，她很兴奋地推了推我，手上举着一张画纸，上面赫然站立着一只大公鸡。我有些不敢相信自己的眼睛，对比黑板上其他在老师眼里更聪明的孩子的画作，佳康卓玛的公鸡似乎看起来更神采奕奕，气宇轩昂。

　　我紧紧地抱住她，告诉她她真的很棒。那一刻她的嘴角上扬，像一朵盛开的格桑花，由内而外散发着自信。这是我从未见过的清澈明朗的笑容。

佳康卓玛

初冬夜之梦

虞 港

初冬之夜，不见纷扬的雪，只有些肃杀的寒风和腐朽的高枝。

天黑而高，仿佛要离地而去，巨大的黑色幕布遮住了灿烂的繁星。偶尔有流星一闪而过，刚探出头来，又被吞没在这夜色里。大地上满是裂口，流淌着黑色的死血，浓重的腥味弥漫在这天地之间。血到之处，寸草不生，还未沾染的野草自我焚烧，化为草灰，随风飘摇。有的在空中飘扬，有的转瞬落下，又融在这死血里，使这血更为黏稠，更为难闻。

荒凉的天地间，独我跋涉在这长途上，寻求家的方向。我穿行在深山巨谷中，肮脏的瀑布一泻而下，夹杂着各种废弃物。往日高可摘星的古木一步步走向死亡，落了一地的枯叶就像是落了一地的凄凉。树枝上，峭壁上满是动物的皮毛。蚊虫肆虐，扑打的翅膀使这山间生起了狂风，吞食时的狂笑声响彻在这深谷里。我乘桴于汪洋大海上，破旧的航船任风浪吹打，不久便沉没在这深海里。鲨鱼被缝起了血盆大口，水母收紧了触手。黑色的海洋一直延伸，直至与那天空相连。黑色吞没了整个世界。

穿过山谷，越过海洋，我终于踏上了回家的小径。路旁的花早已枯萎，溪流早已干涸，小屋变得破烂不堪。整个村庄陷入了死一般的冷寂里，只有屋前的细竹冒着些生气。我进了门，站在窗边远望。我看见不远处路灯下一个诡异的笑。他向我招手，欲唤我投身于那无边的寒夜之中。迷雾中有很多人朝他走出，最终消失在这夜色里，用一个诡异的笑去召唤另一群人。而我站在这窗边，不为所动。忽而我的小屋被这惊悚的笑声围绕，披散的长发从窗子里闯进来，地上冒出黑色的死血，恶臭随寒风扑进我的鼻腔，寒冷爬进我的骨髓，慢慢带走我血液的余温。我忽然倒了下来，躺在这摊死血里。

我在地上躺了很久，身体渐渐变冷，嘴角似乎要露出一个诡异的笑。我的头发变得散乱，我的身体散发恶臭。然而就在我要融入这摊死血时，我做了一个梦，一个美丽的梦，我梦见这样一群人，他们在这黑暗中奔走，用笔尖刻下一个个振聋发聩的字。古往今来，多少人欲撕破这黑暗的面容，换下那已腐烂的内脏，却有意或无意地淹没在这黑色的洪流里。唯独这一群人奋力止住腐朽的死血，誓力注入新的血液。他们用一支笔叩问国人的良心，唤醒麻木的灵魂。他们终身奔赴在路上，旨在推翻封建时代的高墙，用一腔热血来温暖这世间的苍凉，不等到日出东方，绝不停下手中尖锐的笔，脚下坚实的步伐。

我在梦中追寻，我在梦中抗争，我在梦中重生。那诡异的笑渐渐消失，披散的长发渐渐退下，死血变成清新的花草，恶臭也化为芬芳。我轻轻地睁开眼，窗外已是一片明亮。

我起身，推开窗，看见村庄里升起炊烟，妇人倚在门前，农夫扛着农具从田间回来，孩童在树下追逐打闹，而东方不远处，一颗火球正高挂于青山之上。

谨以此文纪念五四先驱。

初冬夜之梦

猫狗二话

甘钰菡

猫姑娘

猫姑娘是一只公猫，叫声却尖细异常，因此外婆名之姑娘。在我上刚初中的时候，为了根除家里野蛮生长的一窝鼠，外婆将它请到家。初次见面时，它还很瘦，小小的脑袋从沙发下探出，头顶有一撮黄毛。

家住一楼，阳台就是天堂，猫姑娘常往来于其间，渐渐野了起来，夜不归宿也是常事。母亲念叨它在家时，晚上总是一人一猫一电视。

有时连续几天都不回家。阳台，后门，通向一片菜园的厨房后窗，让它灵活往来。一天深夜，我们将厨房的玻璃门关上，以为它不会回来，但是一会儿就听见它尖细的叫声。它进门，一身灰，脸上有抓伤痕迹，定是和外面的野猫打架了。被欺负了几次后，它也开始欺负别的猫。

猫真是很高傲的动物：它虽为家猫，但只在吃饭时间回来。吃了就走，干净利落，像有重任在身的拼命三郎。它又是难见的爱干净：像家人一样自觉到卫生间如厕。

家人对它的来去自如随心所欲，没有意见，我却喜欢缠着它。有一次它吃撑了，我便抱着它玩，不让它走。似是觉得身体不适，它便果真吐了。我觉得怪好笑，但被母亲和外婆说教一通。它打喷嚏的时候也蛮可笑，会像人一样流鼻涕，但它无法揩掉，只得任"鼻涕直流"。我还向它学会了一项技能，将门牙咬住下唇发出"fu"的声音，能吓跑想要攻击你的恼火的野猫。

2015年夏，由于邻近县城要建新水电站，金沙江水将上涨至淹没全城，政策规定全民举城搬迁。新家在二楼，没有后门，也没有菜园，母亲也反对将它带走。我人在昆明，未参与搬家，但无时不挂念着猫姑娘。后听母亲讲，车将家具行李拉走时，猫姑娘一直跟着车跑，后来跑不动了，只得蹲坐着，发出那尖细的叫声，真像个伤心姑娘。

狗小白

小白是我在小学时领养的一条狗，肥肥胖胖，通身雪白，长着粉色的鼻子。

初到家里，它一晚上都在吠叫，直至天明。过两天便忘了它的至亲，与我亲热起来。每日起床之时，我把头伸到床下，连叫几声"小白"，便能听见狗爪刨门的声音，门开，它便冲到床下使劲舔我的脸，欢欣地摇着尾巴。我在桌上吃饭，它在桌下吃饭；我和小伙伴玩耍，它便一起玩耍。

幼年时拥有属于自己的一只宠物是一件幸福又自豪的事。孩提时代一个人在家时，总会幻想父母在外是否遇到什么不测。最后竟伤心地哭起来，小白闻声赶来，我将它抱起，它竟也呜呜咽咽。

不久后小白便离开了这个世界。母亲将一些剩的鸡骨头给它吃，不料卡住了它的喉咙，当时还没有宠物医院，听说喂醋吃可以治，母亲给小白灌了醋，但仍无效果。醋染黑了它雪白的毛，它的四条腿孤独而无助地抽搐着。我在一旁哭着，伙伴拉着我的手，看着那小小的身子那样横躺在地上，像平常一样睡着。它常横躺在厨房的搪瓷火炉旁烤火，不小心会将毛烧掉一些，我就叫它"傻"；它烤火时睡着，还会做梦，四只小腿横空蹬着，甚至将自己吓醒，可笑可爱之态，状如重现。

我责怪母亲，使小白离开了我，并坚持要亲手埋葬它，可母亲不许，说她明天埋葬。次日，我放学回家询问母亲，她却说她交给了一位农妇，付了两元钱。我心中甚为不满，后来一直埋怨着母亲，又一直念着我那忠诚可爱的小伙伴。

芜湖雨

袁雪婷

来到芜湖两年，几乎每月都有那么几天雨气蒙蒙。

说芜湖下的雨多，也不尽然，比起雨都巴昔卡还差那么点意思，但和我的老家比起来，雨城这个名号芜湖绝对受之无愧。无论一年里的哪一个月，无论是在一个月里的哪些日子，芜湖的雨只会来得突然，却从来不会缺席。

天是阴的，云早已氤氲成水墨点缀在空中，时不时有风刮过，轻风不冷，但仍让人感受到一丝凉意。天气预报显示的是小雨，但只有阴云和轻风相对，雨珠丝毫不见落下。宿舍楼外的晾杆上被子、衣服已被早早地收回来，只有一两只小花猫还留在杆下斜躺着，时不时睁开眼睛向四方警惕扫去。等待下雨的准备过了很久，天空依旧如一，大家都有些心灰意冷了。抬头看着阴云依旧，我大着胆子，什么雨具也不带就骑上车奔去领快递。轰！骑到一半，雷声就劈了下来。没过一会儿，淅淅沥沥，雨珠也劈头盖脸地泼下。我奋力蹬着单车脚踏板，双脚一刻不歇。雨丝被风吹斜，密密地向着我袭来。眼镜慢慢模糊起来，一滴滴雨珠停驻在镜片上，接着轻轻溜下来，留下深浅不一的印迹。雨还在不停地下，衣服已快要湿透，凉风也在不停地扫着裸露在外的脚踝，时不时给我带来一阵哆嗦。

这便是芜湖的急雨了，直面倾洒。

除了未能料想的雨，连绵细雨在芜湖更是常见，我将其戏称为黄梅月雨。这里的雨总在下，让人有种没有尽头的错觉。晚上侧卧在床上，辗转反侧，难以入眠。嘀嗒，嘀……嗒，嘀……嗒，风挟着雨就这样飘落在阳台，透过隔门，声音依旧清晰可辨。睡不着的时候就在细数着雨声究竟有几声入耳。偶尔节奏被打乱就又从头开始，数着数着眼睛就慢慢合上了。早晨起来重新数也不会错乱，又是一个新的开始，风雨声依旧。我打开隔门，风裹着雨先向脸跳来，微眯眼深吸一口气。早晨来了。接下来几天如一，雨总在不停地下着，淋湿了长椅，洗净了绿叶。我也依旧在雨里奔走着，时不时淋湿了发，时不时被积水润湿了鞋。这些都不是什么好事，但更让人心里添堵的就是湿被子了，我总疑心可以从上面挤出两斤水来。一个人走在室外是风雨交加，睡在床上是湿气连连，简直没有半处可以容身。但雨也不急，仍旧慢慢下着，芜湖依旧蒙蒙。

这便是我所经历过的芜湖雨了。

芜湖雨

此间芳华——安徽师范大学文学院本科生原创作品选集

老 车

汪梦圆

我经常做梦。

我会梦见我站在江边，丢石子打个水漂，心满意足看着一片一片涟漪，数着"一，二，三，四，五……"

但我最常梦见的，是一辆老车。

那车是橘黄色的。在我印象中，刹车早已失灵，坐垫还破了洞，里面的海绵都露了出来。车漆大多掉落，裸露的部分也尽是铁锈，骑起来发着嘎吱嘎吱的响声。不知道是哪年买的车，只知道是很久很久以前了，父母不要这车，便丢给我玩。

那时候我上小学。我坐在车后座上，爸爸在前面骑着。我的手还不足以抱住他整个腰，只能紧紧地攥着他的衣摆，生怕掉下去。到了颠簸的地方，爸爸故意骑得更快，惹得我害怕地大叫。每天总共那么几分钟，伴着轻快的清风，爽朗的笑声。日复一日，年复一年。

小时的暑假总是欢快的。那时学校放假后，我总要去乡下的爷爷家住十天半个月。老家和县城不同，有大大小小的上坡，有成片的树林，有潺潺的小溪，还有古老的木桥。爷爷经常坐在树下，摇着藤椅，拿把大蒲扇扇啊扇的。也不知道那时候我为什么不觉得夏天的炎热。树上的知了扯着嗓子鸣叫，爷爷在树下教我背"锄禾日当午……"

有一回，我带着老车一起去乡下老家，坐在车上还够不着踏板，就站着踩。经过一座桥时，我奋力踩上去，再顺着坡度滑下来，车子能滑好远！我就听着嘎吱嘎吱的响声按着有时按不响的铃铛，感觉好不惬意。那天我吵着要爷爷去很远的一家小店买奶糖，那奶糖直甜到了心里。

后来，约莫十二岁的时候，我家搬到了靠近市中心的一个小区。那里车水马龙，看得我眼花缭乱。破车在里面也显得格格不入，可我还是喜欢骑那车。小区的柏油马路很平整，即使我蹬得飞快，那车也滑不远了。小区里停放的车很多，生怕一个不小心把人家车给蹭了，骑得胆战心惊的。车上有把锁，可我从来没有用过它，毕竟这车是多么破。深秋的傍晚，风凉飕飕的，天黑的也早，没骑一会儿，就伸手不见五指了。我把车停好，瞄了一眼那锁，上了楼。

我终究还是没有给它上锁。

那天吃完晚饭，我还想趁写作业前骑会儿车。可是我绕遍了所有可以停车的地方，也没有看见我的车。我就静静地站在风里，心想那辆老车，可能再也见不到了。

父母重新给我买了辆崭新的车。青绿色的漆身，柔软的坐垫，响亮的铃铛。

可现在的我不可能坐在车后让爸爸载着我了，也不会吵着爷爷给我买奶糖了，更不会故意骑很快然后让车自己滑行了。那段岁月，那段快乐的时光已经过去了。

但我还是会时常想起那辆车。

那老车。

老车

自行车上的童年

黄 鑫

在那个娱乐活动相当贫瘠的童年时代，骑自行车是我最快乐的事。

我喜欢用手指不停地拨动车铃，清脆悦耳的车铃声就是最美妙的声音，再和着我那年幼不知愁滋味的笑声，大概就是童年的声音了吧。我喜欢把小小的身子以一种奇怪的姿势钻进自行车的三角形洞里，然后抬起稚嫩的小脚丫努力地踩着脚蹬，将那辆高大的老式单杠自行车蹬得风生水起。我喜欢和伙伴们比赛，看谁先到达终点，我们个个都秉着绝不服输的精神，蹬着各自的"风火轮"，穿过街头巷尾，引得旁人笑赞一声：好一群鲜衣怒马的顽童。

逢年过节，亲朋好友带来的零嘴值得我期待，但他们的"豪车"——自行车更值得我期待。我总是踩着那一辆辆自行车，绕着村子风驰电掣，一圈又一圈，乐此不疲。更会专门出现在玩伴们的眼前，向他们炫耀我背着大人偷骑出来的"豪车"，邀请他们一起享受骑"豪车"的那种不一样的幸福感。

车技好的孩子很是受人追捧和喝彩，我就特别羡慕那些可以放开双手骑车的人。他们能灵活地掌控自己的身体，牢牢把控着车子，骑起来稳稳当当，而我只能骑得歪七八扭，领悟不到精髓。为此，我铆了劲地练习，无论是平坦的大路，还是坑坑洼洼的小路，都能看到我努力的身影。然而最终还是以我摔得鼻青脸肿和父母的严厉训斥收尾，从此再不敢尝试。

渐渐的，车技日益精湛的我开始自行骑车上下学，并且肩负起照顾妹妹的责任。后座是妹妹紧紧抱住我的身子，前座是我用力蹬车。我全神贯注，不东倒西歪，撑起妹妹的一方小天地。遇到风雨雪等恶劣天气，我也像个勇士一样迎难而上，载着妹妹艰难前行。若是途中出现如爆胎、断车链等不幸情况的话，我就一手推着车，一手牵着妹妹的手，继续我们上下学的路。

自行车上的童年，有欢乐有哀愁，它是我不可或缺的美好回忆，是专属于我的有趣童年。"坐稳，起飞喽！"蹬着自行车，我的幼小身影也逐渐变得娉婷袅娜。

自行车上的童年

天凉好个秋

田　晴

在芜湖待了两个秋，也没咂摸出个秋的滋味，南方的春秋来得快，去得也快，不见草木凋零，又时常多雨，把唯一一点秋的滋味都冲没了。不像天津，北方的天气似乎带有北方特有的性格，带着点爽朗和豪放。晚上闲暇时，抽个空就在楼下一趟，就能实实在在地感受到。

蝉声自然是不必说了，一提起蝉声似乎是夏季的代名词，但是秋天的蝉声却又比夏天带着点韵味，秋蝉的叫声比夏天的要衰弱得多，少了几分聒噪，多了几分凄凉，这个刚唱完另一个就续上，也是，沉寂多年却时日无多，叫得歇斯底里些，也算给自己这辈子一个交代吧！寒蝉凄切，每场秋雨过后蝉声就弱一些，等到中秋时，蝉声就没了之前的势头，渐渐地散了、弱了、没了。

蝉声虽没了，雨声却跟着来了。天津的天很古怪，一年总共没几场的雨，就那么几场雨也还是会让给秋，连夏天都没分到几场，着实偏心得很。但确实，天津的秋雨没让人失望，带着点特有的味儿，攒着股特殊的劲儿。秋天的雨，着实的痛快利索，有点天津人的格头，只要云一压，保准风就来，利索地就下起雨来，马上土里面的腥味就会翻上来。但是只要雨一下完，那真是让人舒服得不得了，土腥味立马就没了！只剩下清新的味道，要是赶上早起楼下有人修剪楼下的树枝和草丛，青草味和刚下完雨的味道缠绕在一起，颇有一种小隐隐于野的感觉。这雨虽然味儿很好闻，但却有点不近人情，秋叶对树干总是会残留些许执念不愿放下，但这雨一来便不得不落，而且雨带风有股狠劲儿扫得干净利落，不留任何"活口"。其实叶落归根本是常理，自不必执念太深，宁死不放，从来处来到去处去，本就是万物归宿，不可怪这一场"秋雨"。

在南方待习惯了，偶尔十一回趟家，竟有点受不住家里的风，和南方不同，这个风干冷干冷的，吹得人眼眶红红的含着泪。这风一打过来，就得把身上的衣服紧紧，给自己裹得严实点，不然还真受不住。一出门还是愿意往叶子堆儿里扎，脚踩上去软软的，嘎吱嘎吱的，叶子被风干了又脆又薄，一踩准碎成渣，风吹到处都是，感觉随风散了的不只是枯叶，老人看到这景必是免不了一声叹。

我总是试着去感受郁达夫先生对秋的深沉的爱，愿折去三分之二的寿命来换秋，但我对秋的感情朴实，可以说是一种习惯，习惯地等着它走入我的生命，并不贪心奢求能用自己的寿数将它留住。每年和它偶遇几次，于愿足矣！

山河表里

钱诗仪

"爷爷，爷爷，我要走啦……"

"我要去实现自己的梦想，去踏遍每一寸大好河山啦……"

女孩是一个喜爱幻想的小女孩。她从小就有一个梦想，要踏遍祖国的每一寸土地，去欣赏这山河表里，人间万象。

小时候，为了满足姑娘的小小心愿，疼爱她的爷爷带着小小的女孩踏上了旅途；再后来啊，小女孩长大了，而爷爷却老了，老得走不动路，连说话都带着日薄西山的味道，虚弱得可怕。女孩坐在爷爷床前，握着他布满沟壑的手，听他诉说着自己最后的心愿："带着我……再去走一遍……再去走一遍当年的路……"女孩含着泪，应了，踏上了旅途。

第一站，是一个小村落。

当年，这是一座破落的小山村。贫穷，凄苦，就是这个村子的代名词。祖孙游历到此的那段日子，恰逢灾年，饥荒丛生，饿殍遍地，到处是一副民不聊生的景象。祖孙俩借住在一户农家中，看着他们全家愁眉不展的样子，心中为他们焦急、同情却又无可奈何。就在这时，他们家的小儿子想到了一个孤注一掷的办法：脱离大锅饭式的生产方式，实行各家包产到户。用他的话说"饭都要吃不饱了还想什么集体，还不如各家干各家的，各家只顾各家的人"。这是一个疯狂的想法，至少在一家人还有小女孩祖孙俩看来。但是，他们已别无选择。是眼睁睁看着一家老小活活饿死，还是不顾一切轰轰烈烈大干一场？答案显而易见。

于是，寒冬腊月的一天夜里，在祖孙俩的见证下，村中的十八户农民齐聚在一间小屋内，神情庄重而严肃地写下了一纸契约。小女孩懵懵懂懂地抱着爷爷的胳膊，看着这十八位年轻人互相看了看，有人面上还带着挣扎、犹豫，最后，那个叫作严宏昌的小儿子一咬牙，在契约书上按上了自己的手印。接着是第二个人，第三个，第四个……

这十八位了不起的年轻人，将自己的身家性命作为赌注，去换了一场不成功便成仁的豪赌。为了不连累祖孙俩，次日清晨，村落的人们起了个大早，一同送别了见证一切的祖孙俩。善良的爷爷向他们保证，绝不会将看到的事情宣扬出去，村里的人也大方对他们表示了信任，双方相约十年后再相见。

一转眼都这么多年过去了。已经长成大姑娘的小女孩感慨着，却在抬头的一瞬间呆愣在原地。这还是那个贫穷破落的小山村吗？山明水秀，阡陌交通，鸡鸣狗吠，好不热闹，到处都是一副生机勃勃的景象。就像、就像她来时路过的其他村子一样，祥和、宁静而富饶，仿佛从前那个浮尸饿殍的小山村不过是她休憩时做的一场噩梦。

循着记忆中的小路，女孩走到了当年曾借住过的农家前。摇摇欲坠的茅草屋、破瓦房消失不见，取而代之的是高大又气派的双层小洋楼。一个衣着整洁的中年男子正从大门出来，看到门口的女孩愣了愣，而女孩已经认出了他。正是当年那位胆识过人的小儿子。女孩朝他笑了笑，看着男子眼中的震惊，女孩知道，他还记得她，或者说，还记得那个疯狂的决定。

"看起来，你们现在过得很好。"女孩轻轻柔柔地开口，"大家，还有其他的那些村子。"

男子只是笑笑："是啊，改革开放真好。"

改革开放真好。女孩在心中默念了一遍这一句话，向男子告辞，继续她的旅途。

第二站是海边的一座小渔村。

对于这个地方，女孩的印象已有些模糊了，只记得那是一个灰蒙蒙的地方。灰蒙蒙的房子，灰蒙蒙的道路，就连天空似乎都笼罩着一层灰蒙蒙

的影子。她记得爷爷说，这该是个很美的地方，这里盛产的珍珠，是这个世上少有的珍奇品种。可是她不信，这么一个灰蒙蒙的地方，怎么会产出那么晶莹美丽的小东西呢？

"现在我相信了，爷爷。"看着今非昔比的破渔村，女孩心中蓦然涌上一种说不出的感觉。岁月是一位妙笔生花的画家，信手一挥，便将黯淡无光的渔村涂上了绚丽的色彩。灰蒙蒙的小屋子被画成了一幢幢平地而起的高楼，灰蒙蒙的小路被画成了车水马龙的柏油马路，灰蒙蒙的天也被五彩斑斓的霓虹灯所点亮。

一切都变得不一样了。从前无人问津的小渔村，转眼间成为群英汇集的大都市。从前和她一同蹲在海边淘沙子、玩贝壳的小小少年也脱去了稚嫩的外衣，穿上西装打好领结，昂首挺胸地走进了国际驰名的跨国公司。

"改革开放真好。"女孩喃喃自语。

第三站，女孩北上来到了爷爷的故乡。

那也是一个海滨城市，与崇明岛隔着一条长江相望。那里曾经繁华过，灯红酒绿，纸醉金迷。爷爷说，那不是她本来的模样。她该是个明媚却纯粹的城市，他不喜欢她那一件庸俗的外衣。后来啊，日寇的铁蹄踏破这里，哀鸿遍野，满目狼藉，他被迫流亡，辗转于祖国各地，却怎么也寻不回梦中故乡的模样。

"这里被荒废许久了啊……"小时候带女孩来这里时，爷爷曾对着一望望不到头的长江如是感叹。明珠的蒙尘令他心痛不已，禁不住落下两行热泪。年幼的女孩不懂这种感情，只是拽着爷爷的衣袖，撒娇似的晃着，用最稚嫩的方式，笨拙地安抚着她的爷爷。

如今，再次踏上熟悉的土地，面对着满目的陌生景象，竟让女孩的鼻头也是忍不住一酸。爷爷，这就是你梦中的故乡吗？繁华，美丽，人潮跃动，生生不息。女孩听到别人称她为"东方明珠"，这个明媚而纯粹的城市。

"改革开放真好。"女孩突然间懂了爷爷对这座城市的感情，眼泪一瞬间从她美丽的双眼中滑落。

改革开放真好。

女孩笑了，笑得那样灿烂，一如那吹拂过南海的春风，洒向明珠的温暖阳光。

"下一站要去哪里呢？"

这偌大一个国度，饱受苦难，沧桑过，迷茫过，所幸终于找到了方向。

女孩忽然想起一句话："桓者，国之栋梁也。身上纹一圈山河表里，就能顶天立地。"

山河表里，顶天立地。

"爷爷，爷爷，我要走啦……"

"我要去实现自己的梦想，去踏遍每一寸大好河山啦……"

山河表里

眼　神

杨　婷

　　我的生命中，永远藏着一个眼神。那种眼神，夹杂的东西太多，不是我那样的年龄所尽能体会得到的；但至于今日，那眼神中复杂的情感，在一个将要走上教师岗位的学生心中方才渗透得深彻。

　　小学五年级开学的第一天，我走进了一个完全陌生的教室，那是我生平第一次转学。我的眼睛不住地在新的环境中游走，最后定格在窗边的一个男孩身上。阳光打在男孩浓密的头发上，他静静坐在那儿，像是一幅在博物馆里展览了很多年的上等肖像画。他同我一样没有穿校服，同桌拍拍我："喏，这个同学也是新转来的。"于是我对他的好感翻了倍了，初来乍到，是出于一种同病相怜的感觉呢？还是他稍稍潇洒的容貌呢？我不知道。总之我是对他多了不少的注意。

　　一次偶然的机会，我成了他的前桌，和我想的不同，他不是个安静的男孩，熟悉了新环境之后，他每天吵吵闹闹的，成绩也不大好。而我那时的观念是：学习好的孩子是不能和学习不好的孩子做朋友的。不过，我们还是成了朋友，他不仅不讨厌，甚至有点有趣，更重要的品质大概还有，只是我那时还没能发觉。

　　不过，第二个学期，我再见到我的这位朋友，他可是和从前大不一样了。他的身材有些臃肿，还戴了顶帽子，说实话，那的确不大好看，我没有多问，似乎是为他这不太好看而难过着。奇怪的是，他下课戴着帽子，上课还是戴着，班主任老师对他说："把帽子摘了吧。"

他一脸愤怒："他们会笑话我的!"

"不会的,我看谁敢笑话你!"

他变了。

他的头发没有了,一根也没有了。他也不笑了,他总是愤怒着的。

再后来,每次不交作业的有他一个,打架的也有他一个,在班级里把女孩子弄哭的,当然,不是他也是他了。

听说,他是得了一种病,这种病让他的头发掉光了,不过后来他走到哪都不戴帽子了,我问他,他说很凉快。大家渐渐习惯了这个不学无术的没有头发的孩子形象,把他的病也忘了,好像是他故意弄得个这样的发型以显示他的与众不同似的。

出乎意料,这个孩子破天荒地交了一次周记作业。他周记的最后一句是这样写的:"英语老师的表扬让我很开心,但我不会骄傲,从今以后,我一定要好好学英语。"

是的,语文老师在班级里展示了这篇周记,读罢,他拿出一摞英语书,告诉那个孩子:"老师为你的进步而高兴,我找来这些英语书,它们可能会给你一些帮助……"老师的表情很郑重,像是对着一个上等的学生在说。

那时,他就是那种眼神。

在全班同学的掌声中,他捧着那摞书走回座位,我第一次看到他那么郑重的表情,而后他又低下了头。我以为他的低头只是不好意思了,和我受到表扬的时候简直一模一样,也是低着头,不让别人发现自己按捺不住的狂喜。可他眼神里藏着的,除了郑重,我总觉得还有点别的什么,那是一个受着表扬的人该有的郑重?

那眼神就埋在我心里。直到前段时间,为了考取教师资格证,我把各种专业知识看了又看,本以为这些知识只是为了应付考试而暂时停留在我脑中的短命细胞,但在我看过无数个教育案例之后,我就不这么想了,我甚至为自己的愚钝而羞愧。我慢慢感受到了作为一名教师应有的责任,感受到了一位良师对于学生心灵影响的深远,感受到了"教师"二字的重大

眼神

意义。当年的语文老师是我转学那年刚刚接手那个班级语文教学的，他说过很多话，我记得最清楚的，是他说他会一视同仁。

晚上躺在那里，忽然就又想起那个男孩。不知道为什么，我的眼泪就顺着眼角流出来了。

那晚，我梦见了那个男孩，他说，他一直记得那一天，老师表扬他的那一天，给他英语书的那一天，全班同学为他鼓掌并且羡慕他的那一天，他也像那些品学兼优的同学一样受到重视的那一天，他开始有点骄傲但想起自己原本很糟糕又低下头的那一天，他说原来他也可以被老师信任和理解，他还说他低头了，可他是笑着的。我说："我看见了。"

这个世界，她曾来过

曲　妍

　　真真地就是这样一池荷花，容纳着异样的美。绚烂的季节里，百花争艳中，她也是一分子。生命中最好的花期，为何要辜负？

　　曾记初到这里，便被这花津河里的花迷住了，暖日微醺，映得河面微波粼粼，荷花在其中娉婷着，偶有野鸭游过，饶有趣味。当明月高悬，嫣然的花儿任清晖洒在身上，星子洒在水中，月光荡漾，随着蝉鸣演绎着夜的故事。

　　有时忍不住幻想，在时光的层层雾霭中，美丽的采莲女，唱着轻快的歌，素手纤纤，轻轻地拨弄着，花与人，相得益彰。满载着的幽香，氤氲在时光的小池，永不消逝。

　　昨夜小荷惊绮梦，今朝更载一船香。

　　我却最爱雨下的荷，绵绵细雨中，河面上笼罩着一层雾，烟水迷离中是一片旷达明静。伫立在桥头，任冷雨滴在身上，无妨。听雨声滴碎荷声，滴碎一帘幽梦，唯有薄雾笼罩下的摇曳娉婷，几片花瓣轻轻落在荷叶上，那样的祥和安宁，此刻我亦为她凝眸。

　　而眼前的荷塘，正应了那句"绿肥红瘦""红稀香少"，此时此刻，却未曾感到些许凄凉。黛玉说："我最不喜李义山的诗，但却偏偏喜欢这一句，留得残荷听雨声。"不敢妄自揣摩潇湘妃子的心思，只是细细品味这句诗，雨声，枯荷，这是怎样的空灵缥缈，在这个凄寂的季节里，不哀不伤。

花影憧憧、暗香浮动中，蜻蜓为她倾倒，鱼戏莲叶东，鱼戏莲叶南。

当西风瑟瑟时，即使菡萏香销，却仍引得路人凝伫，慈爱的秋叶为她镀上一层绒样的衣衫，送她优雅地、静静地归去。

生如夏花之绚烂，死如秋叶之静美。她，绚丽了一夏，也恣意了一夏，美美的来，美美的去。最后的最后，安然离开。花开，花落，我静静地等待，等待着她循着天地的道，慢慢走过我的世界。这个世界，她已来过。

秋风习习，泛着些许凉意，是时候换下这身单薄的衣裙了。

落叶铺阡陌，残阳映小池。

艳极红欲瘦，盛尽绿将赢。莫笑扁舟子，谁知梦醒时。西风携夏去，来往不言悲。

天气转凉，不如归去。

我的青春

武　丽

　　我不知道自己的青春在哪个平凡的瞬间闯进了年轮的漩涡，知或不知，青春已悄然而至。也许，是时候唤自己一声年轻人了吧。我是年轻人，愿意为自己的青春写下铮铮誓言。

奋斗是我铮铮的誓言

　　青葱岁月，我撞上了高考。我像所有备战高考的学生一样，在自己身上装了发动机，当我累了的时候、打瞌睡的时候、想放弃的时候，发动机就铆足了劲把我唤醒。终于走完了高考之路，我转身寻找高考的足迹，每一支替芯、每一张试卷、每一本复习资料都被奋斗占据。

　　我的青春陪我走进了大学。如今，我在花津湖畔的秋风里看一池的荷叶凋零，但她们并非颓败不堪。我见过她们在盛夏亭亭玉立，见过她们在烈日下绿得发亮的英姿，见过一朵又一朵怒放的荷花在风中招摇。就算最美好的青春也会遇到伤痛，犹如最美丽的风景也会遭到摧残。我无论把自己的青春想得多精彩，都知道在青春面前谁都不可能时刻微笑。

　　遇到了伤痛允许自己哭，但我明白眼泪无法减轻痛苦也不可能愈合伤疤，我哭的时候努力让自己看天，他会接纳我的苦涩。我常常想自己是被高中老师骗进大学的，我们在题海里挣扎自然憧憬老师口中自由的象牙塔，呵，轻松？让我回到高三休息会儿吧！作为大一新生，我努力适应属于自己的大学，不怨也不闹。加入学院新闻部，听讲座、写稿、改稿，然

后重复……这与我想写的新闻背道而驰；开设的计算机课，听课、背程序、上机操作，然后重复……计算机课好难；来到新的环境，我看到的是陌生的面孔，没有朋友，我孤单、低落、迷茫。我努力告诉自己——加油！

我青春的誓言是奋斗，有人告诉我奋斗就是努力努力再努力。

感恩是我铮铮的誓言

夏天的雨，来得凶猛去得迅速，雨后的天空蓝得让人心醉。我走在小路上，看着路上的小洼槽，槽里盛满了水，水里——有我！那么多我躺在地上以蓝天为席。至今不忘，雨过天晴的那个下午我做了王，天是我的、地是我的、我也是我的。想到那条不平凡的路，我的心都在微微颤抖。感谢在我18岁的时候，整个天空、整片大地以及一块又一块的水域拥我为王，圆了我做了许多年的梦。

曾经无数次抱怨自己被上帝丢在犄角旮旯里凉凉度日。我如果不是被上帝抛弃的人，怎么会以无人问津的方式来到父母身边，然后以默默无闻的姿态走过一个又一个春秋。我抱怨自己拥有的东西——我的父母，我的家世背景。我苦笑着告诉自己：我没有靠山。后来老师问我们：你们抱怨自己父母的时候，父母抱怨过你吗？我鼻子一酸：最该感谢的人，我却怪了他们许多次。他们拉着我的手教我走路，他们以冷落的方式教我做人，他们隔着电话跨过千山万水对我嘘寒问暖……如今，我想在世人面前活成自己，而不是某人的女儿。感谢我的父母，他们是我的山，同时也让我成为自己的靠山。

我青春的誓言是感恩，道路迢迢愿携感恩同行，人生漫漫必以感恩为伴。

善良是我铮铮的誓言

开在路边的野花，为了一个盛夏的怒放，等待了很多天。"红颜薄命"是我替花儿吐出的悲叹。那些等不来秋天的花儿，生命的年轮转得好不圆满。善良的人欣赏她的美丽却不占有她的躯体，就像我，愿意看她开花、看她落瓣，而不会捧在手里欣赏她慢慢干瘪的身体。

我不是一个好学生，我在给其他同学讲题目的时候露出过焦躁的表情，我在给班主任的建议信里讲他对学生不负责任，我甚至在会考前有过抄袭的打算。但这并不意味着我不善良，那位同学在高考前一个星期连最基本的导函数都无法解出，那位班主任在我们高三时选择跳槽，会考时前面那位考生看着就是大学霸，但我怕自己的举动影响他发挥，硬着头皮把卷子塞上自己的答案。也许我的心里住着魔鬼，但我脚下选择的道路铺着善良通向天堂。

在陌生的城市里，一个人为另一个人指路；在拥挤的公交车上，一个人为另一个人让座；在宽阔的马路上，一个人扶另一个人过红绿灯……我愿意为陌生人指路，而不是说"我是新来的"；我愿意给陌生人让座，而不是低头玩手机或看窗外的风景；我愿意扶陌生人过马路，而不是跟绿灯赛跑……

善良是我铮铮的誓言，点滴小事在我心里也有善良。

我在无数个平凡的日子里，努力活成青春该有的样子。我铮铮的誓言，是我青春最耀眼的光芒。

我的青春

壳下之软

王敏敏

正是三伏天气，即便是坐着也会心生燥热，但是电池包装车间里的每个人都在各司其职，丝毫不敢懈怠，因为这是一批下午两点就要准时发货的订单。

在距离完成产量还有不到一百卡电池的时候，外包装塑泡模用完了。要命的是刚才机器压坏了两百多卡电池，距离发货还有不到两个小时。

大家紧张不安地看向廖组长，她的脸色并不好看。

"你们可真厉害啊！机器坏了不知道跟我说？一群榆木疙瘩！"她拿起手机怒冲冲地走了。

一会儿，廖组长抱着一个箱子进来："这是经理从分厂那里调过来的，不要再出状况了！抓紧时间……"

又是一阵忙碌，眼看着马上就可以收尾了，因为机器热度操控出现问题，压缩模沾连不均，又压坏了几十卡电池。廖组长沉着脸用手机给领导发信息。这个时候墙上电铃响了，午饭时间到了，可谁也不敢挪脚。

"都站着干嘛，能站出塑泡吗？"

我原本是要随大家一起奔向食堂的，看到廖组长一个人在车间剥电池，决定留下来帮忙。

车间很安静，静到我听到了眼泪滴落的声音。抬起头，廖组长在哭，她在用手机联系经理请示分厂再调些塑泡模过来，眼泪顺着脸颊两侧像断线的珠子，啪嗒啪嗒滴落在手机屏幕上。

我试探性地掏出纸巾递上，廖组长接过，抬起满是疲惫而又哭红了双眼的脸，无奈地哭诉：“早说过，看着点压，就是不听，一压就坏了两百多卡，物料区明文规定，让我怎么办？好说歹说借了一百多套，又压坏几十套……”

等剥好了压坏的电池，分厂又送了五十套过来，我们小心翼翼地压制这几十卡电池，幸好一切有惊无险，准时发了货。廖组长像是卸下了重担，回到车间对着大伙露出了鲜有的甜甜的笑脸。

厂里的工友戏称她为“廖大妈”，他们不大喜欢她，包括我们这些暑假工。我想许是她太凶了。听说“廖大妈”今年刚三十四岁，家在四川，有个女儿，比我小几岁。自从在这里上班，她已经六年没有回家和老人孩子团聚了。

在生活面前，我们大多数人选择把自己伪装成“铠甲勇士”，在外人看来，我们是一个很勇敢很强硬的人，其实只有我们自己知道，就像蜗牛和刺猬，脱下满身的壳和刺，我们软得不成样子。

壳下之软

重女轻男

徐婷婷

"弟弟，你明天就十三岁了，我们想你应该知道一些事情了。"

"嗯，妈妈我听着，你说。"

"这么多年，你知道我们为什么让你一直让着你的姐姐吗？"妈妈举起手里面的一个铜铃铛，"你还记得他吗？"

"这不是我小时候套在脚上的铜铃铛嘛，说是怕我跑丢了，带着铜铃铛能够听见声音。"

"那是你两岁的时候，一个中午，表哥那个时候还在我们家，妈妈困了，就睡着了，你在地上玩箱子里的毛线球，姐姐和表哥趴在床上看书。突然你姐姐一回头大叫一声：'弟弟呢？'我一下子就被惊醒了。我们找遍了周边，最后发现你漂在了门口的池塘上。"妈妈脸上滑落下了泪水，"医生说，要是再迟一点，哪怕是半分钟，你都回不来了。"

弟弟慢慢地低下了头，眼中含着泪水……

"这就是为什么我们一直让你让着你姐姐的原因。是姐姐给了你第二次的生命，这十多年的时光和未来许多年的时光，如果不是姐姐都将不复存在，这个家也可能会支离破碎。"

这个十二岁的第一天，弟弟明白了这么多年爸爸妈妈重女轻男的原因。

这个家庭坐落于合肥东的一个小村庄，家庭很小，名声却不小，这个家庭不一样，几乎所有的行为都显得与这个小村庄格格不入。对于这个家庭，村里面最常说的就是："你看看大何家又在教训儿子了，天天宠着女儿，女儿都快上天了，以后啊，一辈子都把丫头收在家里得了，省得祸害别的人家。"这一切只是因为这家好像重女轻男。

姐姐从出生的那一天起备受宠溺，穿漂亮裙子，梳着可爱的麻花辫，永远都是干干净净的，村里人都叫她"城市丫头"。姐姐出生三年之后，家里意外地有了一个小弟弟。

在这个家庭里说得最多的话就是——让着你姐姐！妈妈买了大虾，进门永远都是喊着："姐姐，出来吃你最爱吃的大虾啦！"吃完饭，妈妈永远叫着："弟弟，过来把碗洗了，姐姐去洗澡！"爸爸妈妈要出门了，叮嘱的永远是弟弟："弟弟，妈妈出门了。你和姐姐在家，冰箱里还有菜，你中午把它热一下子，你们中午就可以吃了。"这一切都是那么地平常，生活就这样一直过着。

弟弟十三岁生日晚上，一家人在一个水果蛋糕面前为弟弟唱生日歌，弟弟许了他许了五年的愿望——希望爸爸妈妈能够像爱姐姐一样爱我。十六岁的姐姐开始明白自己的存在或许让弟弟的生活过得有些狼狈。

"爸妈，自从我长大之后，我一直在想，你们这样处理这个家的关系是否合适，这么说吧，我觉得不合适。弟弟许了这个愿望许了五年，说明他真的很在乎，他想要和得到一份和我一样的爱。"

"爸爸妈妈这样处理有我们的道理。"

"你们总是觉得你们做得都对。究竟有什么道理！你们告诉我！因为我当年救了他？！这难道不是作为姐姐，作为这个家的一分子应该做的！又或者说，你们从来就没有把我当成这个家的一分子，在我看来人们口中所说的'重女轻男'我一点都不觉得开心，这些全都让我觉得累赘，让我觉得你们更爱的是弟弟！还有，你们知道村里面的人都是怎么说我的吗？！你们知道小晴不愿意和我做朋友了吗？！你们知道我多么想让你们让我去好好照顾弟弟吗？！你们不知道！什么都不知道！！！"

那天晚上，姐姐甩门而出，把自己关在自己的房间里很久很久……

"爸爸妈妈也想了很多，这么多年以来，爸爸妈妈一直在弥补自己内

重女轻男

心的愧疚，想要通过对你的好，让弟弟对你心怀感恩，以此来让弥补自己对于弟弟和对于你的歉意。爸爸妈妈没有其他的意思，我们不知道原来这样伤害了你。"门外传来了妈妈没有底气却很悦耳的声音。对啊，他们终究是我的爸爸妈妈，最爱我的爸爸妈妈。

姐姐打开了房间门，妈妈和弟弟站在门口，姐姐伸开了双臂，三个人紧紧相拥，妈妈哭着说："对不起，我的大宝贝，爸爸妈妈以后一定好好学习如何成为更好的爸爸妈妈，原谅我们也是第一次当爸爸妈妈。"爸爸也从后面抱了上来。姐姐哭着说："妈妈，我现在只想和弟弟一起吃大虾。""好，好，这就给你们去买。"

一个小时之后，妈妈喊道："姐姐弟弟，快来吃大虾啦！"

姐姐婚礼那天，姐姐收到了一封信：我从来都不觉得爸爸妈妈重女轻男或者重男轻女，因为姐姐一直在我的身边照顾我，每一次爸爸妈妈外出嘱咐我的事，其实都是你做的；吃大虾的时候，堆在桌子上的壳我的永远都比你的多；这些年我洗的碗，好吧，碗确实是我洗的，不洗碗，我的零花钱从哪来呢？有一个可以在外面吹牛皮的姐，我很幸福。老姐，你一定要幸福！还有，以后对我的外甥和外甥女面上里子里都要一样对待，这样外甥女才不会多想！哈哈哈！

多年以后，我们仍旧无从得知弟弟为什么在知道的爸爸妈妈行为和态度的原因之后会继续许那个愿望。或许弟弟一直都知道姐姐不是真正的快乐……

为了再见

李彤彤

我喘了口大气，瘫坐在座椅上，心中不由得长叹春运的厉害。

火车上挤挤攘攘的，有座位的嗑瓜子唠家常，没座位的在过道里临时组队打牌，四周都异常的嘈杂。可这时我却突然十分奇妙地听到了一句话。

"你坐好了别动。"

我顺着声音抬眼，看到右前方有个正在放行李箱的中年女人。那女人穿着土褐色袄子外套，下身是露出袜子的东北红花黄底棉裤。过于昏暗无光的肤色让我不能清楚辨认她的五官。由于个子不高，她费劲地踮着脚尖，举着箱子往架子上塞，稀疏杂草样的辫子跟着身形一起摆动，好像马的尾巴。整个样子有点可笑。

女人放好行李弯身，我这才注意到座位上的小女孩。十岁的样子，梳着双马尾，别着卡通头花，额前的碎发用闪亮发卡夹好。鲜亮精致带着花摆的小裙子让她显得格外惹人喜爱。我有点不太能确定她们的关系。

"妈妈我不想出去不想上学！"女孩带着哭腔胡搅蛮缠地揪着女人的手。女人用灰黄的手掌轻捧起女孩的脸，指尖拂去她眼角晶莹，哄着说过段时间就去看她。女孩把眼撇到一边，身子略微晃动，鼻孔用力地不停呼出气，噘着嘴不看母亲，眼睛盯着车厢过道。

"好了，你坐好了别到处跑，自己注意广播，到站了别急着走，车停你叔叔会上来帮你拿行李的。"她一边叮嘱一边拿了件大外套出来，抬起

为了再见

女孩手臂穿进袖子盖在她身上。许是刚才动作太大，女孩头上的发卡都松了，女人右手拿住发卡尾端插进头发，左手两指抬着前段夹好，以免太用力发卡弹到女孩额头。

许是嘱咐完了所有事，女人帮女儿整整衣服就转身准备走。可她才走没几步，女孩就小跑着再次抱住她腿，抽噎着前言不搭后语地控诉母亲的狠心："你干嘛非要我出去上学，我不想你走。"女人蹲下身，双手固定住女孩的脸，强迫她看着自己。"要听话。"她的声音也有点沙哑不稳。女孩估计是什么都听不进去了，不停地跺脚甩手摇头，精心编好的头发都散开了。窗外传来工作人员的哨声，火车就要开了，送行的人该下车了，母亲吻了下女孩的额头，扯下女孩的手，下了车。

女孩瘫坐在已经关上的车门口哭得快要喘不上气。伴随着轰隆隆的汽笛嘶吼，忽地后方传来一声："用功读书，照顾自己！"女孩听到后一下竖起身，在人群横冲直撞，飞跑到窗户口。她一手直直撑着身体使劲向窗户外蹦，一手高举，用力大幅度地摆动，喊到破音地叫着一声又一声的再见。

火车越开越远，等女孩再也找不着混进人群里的母亲，便静静坐下，抱着外套，无声啜泣。我转头轻叹，再见，是为了更好的再见呀。

千纸鹤

杨沛昀

小区的地下车库里，住着一个疯女人。

没人知道疯女人的名字，或者说，也没有人有兴趣了解。女人就住在车库的一个角落里，小小的一张床，凌乱地隐在黑暗里，大家看见了，也都是避而远之，脸上满是嫌憎之意："她有病，离她远一点。"大人总恐吓式地警告着自己的孩子。

女人常年着一件不知产于何年的红色薄绒衣，绒衣勉勉强强拢着女人略显肥胖的身体，她约莫四十岁年纪，脸上却已有了暮年的沧桑。她的头发黄而枯，一绺绺凌乱地披散在肩头。她似乎有些跛，走路时总是摇摇晃晃。女人靠捡垃圾维生，她有个习惯：每天傍晚必到小区的公共露台上坐一会，晒一晒夕阳，女人总是斜斜地倚靠在自己捡来的那张小凳儿上，摇摇晃晃地蜷着身子，眯着眼，专注而近乎痴迷地仰望着那一轮斜斜的太阳，阳光给她的身体镀上一层奢侈的金边，仿佛一瞬间照亮了她周身笼罩的所有昏暗。女人就这样安静地、近乎朝圣地望着夕阳，路过的人也有发现她的，一瞬间愣住，但在看清她是谁后，都是简短地一声嗤笑后大摇大摆地扬长而去。

女人喜欢折千纸鹤。

她用自己能找到的所有材料叠纸鹤：拾来的旧日历纸、卖不出去的旧报纸、小孩子随意丢弃的糖纸，大大小小的千纸鹤，她倒是叠得规规整整，一只只整整齐齐地排着，小小的翅膀倔强地立着，等一阵风，它就能

飞起来啊。

忘不了女人在夕阳下叠着纸鹤的身影，每叠好一只，她都会捏着纸鹤的尾，对着夕阳望一望，她的目光飘得很远，似乎并不是聚焦在纸鹤，而是透过它，看着什么别的东西，她能找到吗？没人知道，但在她幻想中她似乎得到了，她微微地笑着，纸鹤的翅膀扑楞楞地，在风中飘扬。

女人竟也就这样表面相安无事地与居民相处了很久，直到有一天，小区里顶能八卦的阿婆鬼鬼祟祟又满脸喜色地带回了大秘密，她特意挑选了居民都归家的晚饭后，将大家都聚到广场上。"你们知道吗，我去了那个女人的家乡打听……她之前有个儿子，不过早就死了……肯定是被她克死的！"人群窃窃私语，却传来一片认同之声。

女人就在不远处，静静地望着斜阳，不知道她听见没有，她脚边的千纸鹤在风中，簌簌地颤抖着。

终于有一日，一个男子趁着酒后气盛，冲进车库，将疯女人的床铺一把掀翻，"都是因为你这晦气东西，害得我麻将老是输钱，给我滚！"女人惊慌失措地护着自己仅有的那点物什，却怎么也拗不过男人的力气，争吵中女人的家被撕扯得七零八落，围观的人们渐渐多了起来，但是大多是来拉住男子和劝架的，女人一个人瘫坐在角落里，哭喊着，尖叫着，终于声音一点点矮下去，只是空空地张着嘴，眼泪在枯槁的脸颊上纵横着，人群渐渐散了，女人的身躯在夜色里迎风地抖着，像是折了翼的纸鹤。

不知是哪一天的清晨，人们突然发现女人不见了，连同她的所有家什，全都如人间蒸发了一般消失得干干净净，没有人知道她去了哪里，也许，也并没有人关心。只是女人常常晒太阳的露台上，不知是谁遗落了一只小小的纸鹤，翅膀迎着风，簌簌地抖着。

最后的最后，还是有人没有意识到，女人在这个社区里存在了这么久，却从没有给居民造成过任何麻烦，反而常常扬着笑脸，作着手要去抱孩子。当然孩子大多被大人拉走，女人的温暖，从来都是烂在怀中无处给予。

女人还会回来吗？没人知道。她也许永远都不会回来了，如果这世界，还是没有她的容身之处的话。

燃梦想之烛　照人生之路

汪　蕊

　　细雨湿衣，闲花落地，千百年来梦想润泽着人的心坎，就像无形的绳，羁绊着人的心迹；千年佳酿，醉人芳香，无数的梦想留后人赞扬，就像宽阔的海，让人在其间徜徉；挥洒笔墨，抒发情感，燃起那梦想之烛，照亮我们的人生之路。

　　以梦想为刃，披荆斩棘，人人都应该有梦，有梦就别怕痛。是的，幼时家境贫寒的宋濂在"天大寒，砚冰坚，手指不可屈伸"的情况下，每日刻苦学习，因为他有梦想，所以用勤奋执着去守护，最终赢得了"开国文臣"的美誉，你要相信，披荆斩棘，前方是铺满鲜花的康庄大道，勇往直前，终将登上人生巅峰。"一花一世界，一叶一菩提"，在梦想的氤氲中，让智慧升华；在山的肩头上，让智慧沐浴阳光。"行至水穷处，坐看云起时"，那些曾经的热闹，必将销声匿迹，正是这热闹的消逝，注定了如是这般的尘埃落定，唯有梦想中的寂寞守望，才能将心的溪流舒缓绵长。

　　以梦想为灯，照亮前方。阳光会驱散阴霾，梦想能清扫悲哀。爱迪生也是经历了一次又一次的失败，才发明了电灯，只因为梦想。回顾历史的长河，我看到了匈奴未灭，何以为家的豪迈；看到了一个富强之国令四夷臣服，一统天下的梦想；看到了一份为国家富强而拥有的至高无上的职责；看到了2035年基本实现社会主义现代化的决心。

　　蜘蛛没有翅膀却可以把网结在空中，因为它坚信梦想是最好的翅膀；叶子在风雨中飘摇却依然坚守在枝头，因为它坚信一生执着的绿一定能换

来金色的秋天。大自然的万物都在为自己的理想而执着奋斗着，我们亦要如此。

以梦想为石，登顶巅峰。"你跋涉了许多路，总是围绕着大山，吃了很多苦，但给孩子们的都是甜，坚守才有希望，这是你的信念。三十六年，绚烂了两代人的童年，花白了你的麻花辫。"因为梦想，支月英坚守在偏远的山村讲台三十六年，从"支姐姐"到"支妈妈"，教育了大山深处的两代人。因为梦想，不负韶华。人生如棋，我愿为卒，手握梦想，一路前行。

轻铺素笺，细磨老墨，装饰心中的梦想小屋；灯火竹帘，白纸画卷，难绘心中的梦想画面；白雪漂泊，宣纸泼墨，等待岁月雕琢心中的梦想书桌。让我们怀揣梦想，踏上人生之路，去看塞北草原，去看烟雨江南！

桂与槐

唐 蕊

走在芜湖的街头，无论你在任何一个地方，都能闻到一股属于秋天的味道——桂花香，枝头小小的金桂，和寒冷的风一起带来了秋天的消息。不过，在我的心中，初秋的代表是另一种花，它和桂花不同，它没有桂花那么浓烈的香味，而是一股幽幽淡淡的香味，却也沁人心脾。

"爷爷，这个白白的是什么啊？"年幼的我一边抖落身上的白花，一边晃着爷爷的手。"这个啊，这是槐花啊，正是这个季节的花呢。"爷爷一边说着一边用他又大又温暖的手掌拂去我身上的槐花，"啊，这些花好好看呀，白白的就像雪一样！"我把地上的槐花都捡起来，捧在怀里，洒在天空里，就像下雪了一样，爷爷就坐在院子的摇椅上看着我笑。

"这桂花也太太太香了吧！"我作为一个北方姑娘第一次闻到南方的桂花，脱口而出的便是这句话。第一年到芜湖这个城市的时候，我感觉什么都是充满了新鲜感，不过新鲜感褪去之后的就是很久的不安和不适。第一次离家这么遥远，身边人说着我听不太懂的言语，吃着并不太熟悉的饭菜，适应着不大友好的潮湿和阴冷。"一切都会好起来的！"我在心里默念。日子一天天过去，随着桂花的香味越来越浓，我仿佛也适应这座陌生的城市，变得熟悉的室友，变得温柔的江风，变得不那么想家了，这座第一次见面的城市，就在这个初秋给我留下了十分甜蜜的记忆。

"爷爷，你一定会好起来的。一切都会好起来的。"我坐在病床边，握着爷爷的手，爷爷也轻轻地握着我的手说"外面又到了槐花的季节了

吧。"爷爷看着窗外说道。"是啊，可不嘛，现在路边落满了槐花呢。"我看着躺在病床上的爷爷，他是那么的瘦小，他怎么能是那个可以给我遮风挡雨的爷爷呢？好好的一个人，怎么就被折磨成了这个样子呢？想到这里我忍不住眼泪要流出来，我背过身，说："我去给您摘一枝回来吧。"爷爷却说："不必啦，摘回来也是要枯萎的，留不住的。""那好，我就在这陪您。"我趴在爷爷的身上，就像小时候一样。在这一年槐花花季结束的时候，爷爷也走了，就像落花一样，悄无声息。

"你觉得桂花这么香，不如折一枝回寝室啊！"室友说，"不必啦，摘回来也是要枯萎的，留不住的。"我说道。爷爷，不知道家里院子的槐树是不是又开花了呢，您是不是又坐在那把摇椅上看着捧着槐花的我呢。

文　杏

韦雨欣

　　唐文幸拖着行李走在种满银杏的大道上，她恋恋地看着树上的银杏叶。正值六月初，银杏叶簇在树上，仿佛一朵朵绿云。"真是美极了，一年四季都这么美！"唐文幸喃喃着。可惜，她就要与陪伴她四年的美景告别了，全新的生活正在等着她。

　　唐文幸坐上回家的列车，看着车窗外的太阳一点一点地下沉，映红了整片天空，她的思绪飘向了未来，想想自己半年前做的决定，她一点儿也不后悔。

　　与此同时，千里外的一片田野被地平线上的最后一抹残阳镀上了金边，田埂上一个十二三岁的少女有一下没一下地晃荡着腿，怔怔地望着远方。"小希……小希啊……回家啦……"听到奶奶的声音，小希一骨碌爬起来，奔向前来寻她的奶奶。"呀，奶，你咋来了？"看着腿脚不便的奶奶，小希一阵心疼。"那还不是来找我大孙女嘛！天都要黑了，也不知回。"奶奶嗔怪道。

　　"我下次不会啦！我保证！""傻丫头，我可没怪你。"奶奶将枯木一般的手伸进口袋，颤颤巍巍地掏出一把豆子——这是这里的孩子们最爱的零食。"哇，真是太棒了！"奶奶爱怜地看着懂事的孙女，她知道小希想爸爸妈妈了，开心只是不想让她担心，小希并不开心，但这是奶奶唯一能做的了。小希扶着奶奶，一步一步慢慢往回走……夕阳将祖孙俩的影子拉得老长……

转眼间，已是夏末了，唐文幸告别了父母和故乡，来到了这个小村庄。她打见到这个村庄的第一眼就爱上了这儿，不为别的，只因为村口有一棵古老的银杏树，夏末的银杏树挂满了果子，一片绿中有几片叶子开始微微泛黄。不知为何，她觉得看到银杏树就特别安心。村长带着她来到了一户人家，这家里只有祖孙俩，孩子的父母外出务工。其实唐文幸了解，这个村里的大多数孩子都是留守儿童，教育资源匮乏，孩子也得不到好的教育，这更加坚定了她要改变这里的孩子的命运的信念，哪怕一个也好。

"小希啊，你奶奶在家吗？"村长招呼着一个小姑娘。看到生人过来，小姑娘明显有点怯怯的，喊了奶奶过来就往后藏了藏。

"大娘啊，这是咱们村新来的老师，教娃娃们读书。我们商量了下，想让她住在你们家，也好给你们祖孙两个照应，政府也会给你们补贴点。"村长解释着。奶奶见了唐文幸，开心地答应了下来，招呼着唐文幸进屋。唐文幸谢过奶奶，冲着后边的小姑娘笑了笑，拉过她的手，问了几个问题。小姑娘很是羞涩，但是唐文幸打心眼里喜欢这个乖乖的小姑娘。

没过几天便是开学的日子了，唐文幸带了初中三个年级的语文和英语。说是三个年级，其实总共也就三十来个人——小希也是其中之一。唐文幸第一节课并没有急于上课，而是和孩子们互相做了自我介绍，她想和孩子们谈一谈。

"大家好，我是你们的新老师，我的名字叫唐文幸，'文'是'文化'的'文'，'幸'是'幸运'的'幸'，说明我来这里教你们语文和英文是我的幸运呀，大家以后可以喊我文文老师，"唐文幸在黑板上写下了娟秀的三个大字，"其实我的'文幸'同'文杏'，就是银杏。父母说我是出生在银杏叶飘飘的深秋，同时他们也想让我像银杏树那样沉着稳重、优雅，像它的果实一样带给别人帮助。好啦，现在我想了解了解你们了，介绍一下自己吧！"

"文幸，文杏……真是美好的名字……我的名字代表什么呢？'希'，希望吗？我是父母的希望吗？"小希暗暗想着，小小的眉头微微蹙着。当她将自己的想法说出来时，唐文幸给了她一个鼓励的笑容，夸她的名字好听。小希高兴极了，她以前可从来没觉得自己的名字好听呢。

　　一节课很快就过去了，唐文幸觉得，这里的孩子很聪明，也很乐意去学习。他们的求知欲很强，并不比外面的孩子差，只是，他们可以得到的知识太少太少。唐文幸暗暗下决心：一定要把自己所知道的知识教给他们。

　　日子一天天地过去，转眼已经过了一个多月。唐文幸每天认认真真地给孩子们上着课，除了书本上的知识，她也尽可能多的补充一些其他知识。英语对于孩子们是困难了些，但她想方设法让孩子们能够多学一些。她也会和孩子们聊聊外面的世界，鼓励他们好好学习，去亲眼看一看。所幸孩子们也很配合，这让她十分欣慰。

　　让她觉得更幸福的还是小希和奶奶。奶奶很是慈祥，把她当亲孙女看，生怕她在这儿过得不好。而小希，这个小小的姑娘，缺少父母的关爱，承包了家里的大多家务，她一直是这么懂事。想想自己的十二三岁，还是被爸妈捧在手心里，唐文幸每每想到这，便一阵心疼。也因此，她开始干起了小希干的家务，让小希去温习功课。她多么希望这个小姑娘能够拥有一个更好的未来呀。周末空闲时，她会给小希补习功课；带着她去外面教她画画，画银杏树、画田野、画大自然的一切美好事物；给她讲文学，带着她读书。她也回想妈妈是怎么对待自己的，尽可能多地给小希母亲般的关爱。小希也会带着她爬上房顶看星星，说着自己的小秘密与小期待，当然她也最爱听文文老师说着外面的故事。小希感觉，自从文文老师来了之后，她的小世界有一个可以倾诉的口了，她也觉得，自己不再迷茫，她想要走出去，成为父母和奶奶的希望，她想像文文老师那样优雅端庄，那样博学多才。她觉得唐文幸就像她生命里的一棵银杏树，浑身上下透着金黄的温暖的光，温暖了她的生命。如果有机会，她也要去支教，她也想成为别人心里的一道光。一颗小小的种子就这样在小希的心里生根萌芽了。

　　当秋风吹落一片片银杏叶时，唐文幸给孩子们考了一次试，出乎她意料的是，孩子们的成绩都很好，让她很是欣慰，她觉得自己的努力并没有

文杏

白费。她默默走到银杏树下，靠着树干坐下。她有点儿想念爸妈了。当然爸爸妈妈支持她来这里，尽管有些不舍。想想妈妈也曾在一个山区支教过，妈妈说，有一次突然发高烧，若不是村民背着她摸黑走了很久的山路送她去治疗，她可能早就不在了。所以妈妈对这些质朴的村民们怀着一颗感恩之心，她也希望女儿能够在这里挥洒汗水，播种希望。唐文幸捡起一片金黄的叶子，喃喃着："妈妈，我会好好做的。不要为我担心。"

....

银杏叶黄了又绿，绿了又黄……此时的小希站在了唐文幸曾走过的银杏大道。她看着漫天的黄叶纷飞，落在地上铺成金黄的地毯，学生们嬉笑着走过，踏碎一地金黄。她想起她来这里前文文姐姐送给她的画——一棵金黄的银杏伫立在画的中央，下面有一行娟秀的小字："心有多远，路就有多远。"

"文杏，文幸，多美呵……"小希笑着拾起一片树叶，夹入书中，快步走向教室。

下一站

卞若南

拥挤的车厢，嘈杂的人群，在座位与洗手间之间来回穿梭的脚步，时不时传来的几声婴儿的啼哭……这是清明节夜里的火车车厢。

坐在我对面的是一位大妈，五六十岁的年龄，虽然头发有些花白，但是给人的感觉很有精神和力气——凌晨一点多，还在看视频并且哈哈大笑，在她的笑声中，可以看到她旁边熟睡的小哥似乎梦到了什么不开心的事，闭着眼狠狠地皱了一下眉。大妈引起我注意的地方不是她的笑声，而是她的"宝贝"——一个水桶和小半麻袋东西，本是可以放在行李架和地上的东西，她偏把它们放在座位上，使本就拥挤的座位更加显小，我正思索要不要提示一下，列车到了中间站。

"阿姨您好，请问您可以让一下吗？这是我的位子，我这儿有车票您看一下。"忽然听到一声文弱的声音，我抬头看到一个瘦削的女孩的背影立在我面前。"我本来就坐这儿的，我凭什么要让开？""阿姨，这真是我的位子，您看我有车票，我身体不好，病了半个月了，实在太晕了，不然我可以把位子让您坐的……""什么让不让，我自己有位子，我的位子被别人坐了，所以我要坐你的！"这时女孩转过身来想向我们求助，看到她苍白的脸色和紧咬着的下唇，旁边一位叔叔说："马上列车员就过来了，你把车票给列车员看下就行。"

列车员过来之后，大妈显得明显有些局促："我只是坐一下，我下一站就到站了，让我再坐到下一站……"对面的女孩可能是觉得内疚或不忍

心，往里挤了挤，让大妈坐外面，于是三个人的座位变成了四个人的，大妈的"宝贝"也终于舍得从座位拿下来。

过了一会儿，我又被对面次次啦啦的声音吵醒，原来对面的大妈在摆弄自己的"宝贝"袋子，并且一直说挤死了，让女孩往里边去去，自己快掉到座位下面了，于是女孩尴尬地看了看里面的两个男生，又往里挤了挤。

火车很"快"到达我家乡的站点，在后面的人的催促声中，我急急忙忙地下车，但是很巧地，我听到前面一对母女的对话："妈妈，为什么别人走得那么快，我们还要慢慢地跟在后面，等别人走了再走呢?""因为别人赶时间呀，他们可能马上有很紧急的事情，所以要先走，但是我们已经到家了，所以我们要乖乖排队，让别人先走，我们要懂得礼让。"听到这里，我不禁放慢了向前"冲"的脚步。

我下车之后，列车很快再次启程，车轮轰轰的声音打断了母女的对话。列车就这么开走了，透过车窗我仿佛看到了那位大妈又往里挤了挤，而我转头看前方可以看到那对母女还在礼让。

那双手

张友伟

我对奶奶的记忆并不是完整的，只记得"叮……叮……"这个熟悉的敲饭碗的声音，便是我和奶奶之间最默契的"暗号"，因为这意味着奶奶要喂我吃饭，或者给我带吃的玩的了。每次吃饭，步履蹒跚的奶奶拿着铁饭碗和勺子追着我，一边喊着："伟仔，该吃饭了，你饭还没吃完呢……"我一脸天真嬉笑地跑着。那时，我还太年幼。不懂那时一个老年人追赶一个小孩子有多费劲，更不懂得体贴一个患有风湿骨病行动困难的老人。但那时我打心底就知道，奶奶是最疼爱我的，是除了父母之外对我最好的人。

上小学那会儿，她背着我的书包送我去学校；快放学了，她在校门口盯望着我的身影；夜里发烧了，她背着我去诊所陪我打点滴；作业不会做了，她陪着我走夜路去请教老师；去菜市场买菜，她总会叮嘱我不要走远。是啊，不管何时，她的那双手从未放开过我的小手，一直牵着，生怕年幼的我走丢。这些都是我人生中记忆最深刻的记忆，也是我一直默默珍藏在心底的感情。

不知何时，后来奶奶竟患上了老年痴呆症。她整日坐在门口的小板凳上，头发有些杂乱，口里也不知道在念叨着什么。奶奶变得不认识任何人了，但总会记得两个人：一个是父亲，一个便是我。初三那年一次回家，我偶然看到奶奶拉着和我同龄人的手，嘴里低声念着："伟仔，伟仔，我的孙子回家了……"旁人一看此状，便立刻会嫌弃地挣脱开手，说这老奶

那
双
手

奶疯了。于是我急忙拉着奶奶的手，说："奶奶，是我啊。我是伟仔啊，我刚放学回家……"可此时的奶奶又把我误认为了是父亲。那一刻，我的心底莫名的心酸和难过。

去世前，奶奶的意识突然清醒了，伸手默念我的乳名想见我。可是这双布满褶皱粗糙的手却再也没能握到那双曾经稚嫩年轻的手，便过世了。这使我的心里始终感到遗憾和愧疚

我记得，奶奶生前常轻抚几下我的头，然后握着我的手说："奶奶就望你一枝花开噢！"意思是希望我学业有成。多年以后，我如愿考上大学。

爷爷，您别急

高薇晓

上周末与爷爷视频通话，爷爷气色虚弱，却尚有一丝生气，视频里爷爷一直戴着孙媳妇儿给他买的新墨镜，像得了宝贝的孩子一样不肯摘下，我笑嘻嘻地夸他真帅，他也不说话，躺在病床上，端端正正地向我敬了个军礼，一如童年。

爷爷年轻时上过战场，挥过大刀，对祖国满怀热忱。小时候陪爷爷看电视，爷爷总是霸着遥控器看抗战剧，我一向不爱看这类片子，但从爷爷时皱时舒的眉头上，也能猜到剧情的变化，到了高潮处，爷爷会冷不丁地从牙缝里挤出一句："小日本鬼子！"爷爷尤其爱看阅兵，看到阅兵场上展出的坦克飞机，他就激动地举起拳头，大呼一声："中国万岁！"而每到快要敬礼的时刻，他又乖乖站正，规规矩矩地向着五星红旗敬个军礼。奶奶说，爷爷一生性急，敬礼也比人家急三秒。

爷爷自生病后便住在我家。一日晨间，爷爷要下楼散步，我正在吃早餐，便让他等我吃完一起下楼。起初，爷爷乖乖坐在沙发上等待，谁料不到一分钟，爷爷就等不及去阳台换鞋，头也不回地要下楼去，喊他也不答，只是在关门时气鼓鼓地说了句："我走了，你慢慢吃吧！"我一时哭笑不得，只好放下碗筷，边跑边喊："爷爷您别急，我来了，你慢点儿走！"

爷爷说是散步，不过是在小区里走了半圈。在返回时，爷爷折了一枝桂花，凑上鼻头闻了闻便递给奶奶，酷酷地说了句"给你"，就背着手率先走了。向来脚步生风的爷爷，那天走得极慢，我不愿将"蹒跚"一词用

在爷爷身上，但他的脚步确是有些蹒跚了。走到楼梯口处，我欲上前搀他，他却颇有大将风范地挥了挥手："我不要扶，我身体好着呢！你去扶你奶奶。"似乎是要证明他的话不假，爷爷一口气跑上了五楼，奶奶在后面连连喊道："慢点慢点！"到了家门口，奶奶气喘吁吁地问他累不累，爷爷却左右张望着说："不累，就是喘。"听到他像个孩子似的狡辩，奶奶也不拆穿，狡黠地笑了笑："哦，喘不是累哟！"爷爷一本正经地点了点头："嗯，不累，喘！"

爸爸说，爷爷性格太刚，一生不信邪，即便是出了诊断书，也不肯相信自己得了癌症。上周末的视频通话，爷爷吃力地说："我下个星期二就能出院啦。"看着爷爷皱起的笑纹，我也跟着开心，一心想着下周双休回家看望他，但嘴上依旧不饶他："出院了也不能急，您身上动了刀，要慢慢调养。"爷爷点点头答应我："我不急，不急。"

爷爷终于出院了。然而周四那天，我接到电话，爷爷走了。奶奶说："你爷爷太性急了，回来还不到三天。"我想，爷爷一定是忘了他答应我的话。

品　秋

王雪斐

　　北方风光里的秋色，总是劈头盖脸地砸下来的，干净利落，叫你觉得这就是北方的豪爽气质。

　　不给人一丁点儿反应的时间，昨个儿还热得你汗流浃背，不想离开空调半步，今个儿一场雨砸下来，你就得赶紧把衬衫大衣从箱底翻出来了。

　　豆大的雨点瓢泼般地落下来，要不了多久地上便积起了一个个小池塘，有些小泡泡浮在水面上，一眨眼就被打得七零八落。在这暴雨的击打下，一把小伞简直势单力薄到闻者伤心、见者落泪。要是再来上一阵风——好吗，你还是就近找栋楼避一避罢吧，如果想雨中漫步，那最后的你和"落汤鸡"也没什么区别了。

　　常言"秋高气爽"，又言"一场秋雨一场寒，十场秋雨要穿棉"。古人诚不欺我。

　　可江南却不，她啊，闺中小姐似的，优雅得很。温度降得慢条斯理不说，连本该冰冷的秋雨都黏黏糊糊的。不像是雨，倒像是一层薄薄的雾，笼在这座城里。天地间灰蒙蒙的，即使是正午，也没有光与影的分别，像是水晕开了浓雾，将这钢筋水泥的森林都染作一副清秀淡雅的山水画——楼作青山雾作水，三五行车作轻舟。

　　北边的桂花都爽快得很，也不和什么人打招呼，尽管将她醉人的芬芳酝酿在空气里，如同摆出一坛刚刚挖出的埋藏多年的佳酿，酒香飘出了好几里，只待过路人上前去品评一二了。到底是酒香不怕巷子深，甭管你有

多急的事情，这会都得抬头瞧瞧那酒家究竟开在何方。就在那层层叠叠的宽阔的叶片下面，米粒大的小黄花密密地挤着，瞧着外面左顾右盼的路人，嘻嘻哈哈，也不羞怯。南方的桂花却是矜持的，虽说到底温暖些，花也更旺，却很是怕人的样子，没开几天便在地上落了一层，淡黄的小花铺在地上，远远望去，倒真是像极了如水的月光，叫人一下子就明白了"月桂"的意思。

北地的落叶是秋的高潮了，银杏青绿的叶子渐渐染上明亮的黄，却并不显得憔悴，像是落日将她珍贵的金子泼洒在东去不返的长河里，西风瞧见了，实在喜欢得很，便向树借来了这明黄的饰物，装点自己的裙角。黄叶随风飞舞，还好蝴蝶早没了踪影，不然看见了这飞叶曼妙的身姿，怕是要自惭形秽、羞愤而死了。

待到入了深秋，还在枝头苟延残喘的叶便不复昔日的轻灵，而有了树的质感。长风呼啸，无边落木萧萧而下，也无怪前人要生出"万里悲秋常作客"的悲叹。

南方却是残荷更有一番风味，"荷尽已无擎雨盖"，昔日婷婷袅袅的青翠不再，剩下的是瘦骨嶙峋的残茎和枯皱卷曲的叶，还有一个个低垂着头的莲蓬，如同谢幕的舞蹈演员。最妙的是傍晚时分，落日的余晖给残枝败叶镀上金属的色泽，站在岸边远望去仿佛一片寂静的铜像。水面如镜，映出一支支枯瘦的剪影，随着天色渐晚，便只剩下明暗变化间光影的轮廓，透着一股沉静而颓废的优雅。

南边总是湿润的，便容易起雾。浓稠的雾掩住天地，掩住楼房，掩住了来往的人——本也没多少人。这一方天地变成了一个巨大的舞台，上演着一出光线昏暗的皮影戏。你能看清的东西不多，却不至于撞上什么。不远不近的地方有些深色的轮廓，影影绰绰的，静驻在那里，就那样沉思着，走进些，才略微看清是一棵树，或是一栋楼。再远些，便只剩下些写意画了。往日还算熟悉的景色在这一刻陌生起来。你就这么往前走着，看不见来路，望不到去处，只一人慢慢地踱步，没什么好想，也没什么好急，自顾自地沉浸在白色的梦里。

你可以看到水汽踩着拍子，和着鼓点，倾泻着，翻滚着，舞在空中。氤氲的雾光影交织，浓淡相宜，她们欢笑着划出优美的轨迹，谱出和谐的旋律，如梵婀铃上奏着的名曲。

而北方是干燥的，本没有氤氲缠绵的雾气，这两年却也渐渐朦胧起来。天与云与山与水，上下一灰，就像懒惰的主人总不肯擦洗眼前的镜片，风里带着奇异的味道，混着尘土气，都在些微干燥的空气里发酵，鸟儿大约也不堪忍受这浑浊的空气里，忙忙碌碌地向远方飞去，间或扯着嘶哑的嗓子，不知道在吵着什么。

雾是自然的精灵，霾是工业的怪物，也不知是什么人，竟将这两个字拼在了一起。

中国的文人，不分南北，总对秋有些一言难尽的幽怨的执念。是啊！怎么会不执着呢！南方枯瘦的残荷、北方凌霜的金菊、南方思念的明月、北方凄冷的冰雨……秋的一切，总能触动人内心最深处的那一点忧郁的情结，正如郁达夫所言："有感觉的动物，有情趣的人类，对于秋，总是一样地特别能引起深沉、幽远、严厉、萧索的感触来的。"只是秋也并非只是萧瑟孤寂，她同样有北地香甜的丹桂、南方午后的暖阳、北地悠然的浮云、南方壮阔的江潮……"晴空一鹤排云上，便引诗情上碧霄。"这般胜景，又如何比不得春光？

我自小生长于北方，而今求学在南方，便得以于此刻将南北秋光盛了满杯，细细品味这秋的一切。她明媚、她孤寂、她生动、她萧索……这便是秋的风华，如何不值得细细品味，世代传颂呢！

品秋

杯酒笑吟田园诗

李云青

题记：你以诗酒设宴东篱，邀请天下人与你同归。

注：陶渊明年岁已不可考，诞辰有 352、365、372 年等多种说法，本文取 365 年。

一

弱冠那年，生活所迫，你开始了自己的游宦生涯。

我曾幻想你科举高中时的春风得意，却又恍然记起，九品中正的时代容不得寒门飞黄腾达。不由怅然若失。

怎么可以没有呢，在诗文中见惯你的悠然，我多想看看你年少时意气风发的样子，可是遍寻史料，你的弱冠之年竟然无可考证。我为此恸哭，却又不由得深深庆幸。那段历史暗无天日，甚至载不明你的生平；然而也正因为它的黑暗，千年之后的史书中少了一个籍籍无名的长吏，却多了一位光辉万丈的田园歌者！

诗仙李白在受召入京前，吟了一首"我辈岂是蓬蒿人"来宣泄他的兴奋，可是你没有。你没有那种苦尽甘来的心境，这时你还年轻，家道中落浇不灭你的热情。你怀着一腔热血，誓要在那个期待已久的舞台上大展拳脚，让你的功绩声名陪你万世流芳。

这时的你，还什么都不知道。不知道官场黑暗，不知道现实残酷，不知道你梦想留名的历史正冷眼旁观，等着你狠狠栽个跟头，摔得头破血流，最好把那一腔热血统统流尽，然后黯然归隐，去写你的田园诗。

你什么都不知道。

这一年，你才二十岁。

二

二十九岁时，你出任江州祭酒。这是你的官职第一次史上留痕，毫无情绪的寥寥几字，我无法想象之前的九年你过得怎样辛苦，之后又怎样举步维艰。你在那潭浑水里挣扎求生，左右为难。一边是精忠报国，一边是高洁傲世，梦想和志趣，选哪一个才不负此生？

江州祭酒、镇军参军、建威参军、彭泽县令……你一步一步走来，终于将年少轻狂都碾成灰烬。你开始视吏治如猛虎，视官场如樊笼，违己交病，遍体鳞伤。这个世界原来是这样的吗，为什么我只觉得格格不入？

那一日，郡中的督邮巡察至此，县吏告诉你，"应束带见之"。在其位则谋其事，现实容不下你特立独行——你被世俗伤透了心。

我真的要向这乡里小儿折腰吗，只为了五斗米的薪俸？你这样问自己，内心涌起无尽苍凉。你心灰意冷。天下没有白吃的午餐，你却不愿用尊严和傲骨去换。

那么，不如归去！

历史欣慰而笑。它给你安排了诸多磨难，终于磨出了这一句掷地有声的"不为五斗米折腰"。你不会知道，正因为你没有随波逐流而向现实折腰，所以在历史的滚滚洪流中，一代哲人自此真正挺直了骄傲的脊梁，从芸芸众生中脱颖而出。谁还记得那一年的王侯将相？人们只记得你陶渊明！

你名垂青史，在你终于放弃的时候，以这般悲壮而讽刺的方式。

这一年，你已经四十一岁。

三

回到田园，你载欣载奔，手舞足蹈像个孩子。我为你欢喜，却更为你感到淡淡的怅然。你问自己，"胡为乎遑遑欲何之"，像是宽慰吧，可你明不明白什么叫欲盖弥彰呢？

我知道你忘不掉。不是忘不掉功名利禄，而是忘不掉你的梦想。修身、齐家、治国、平天下，自幼修习儒家经典的你，在灵魂中刻下儒家印记的你，真的甘心超然物外？你说你性本爱丘山，我愿意相信。可我更愿意相信你只是给自己找了一片净土，像你笔下的桃花源，"乃不知有汉，无论魏晋"，你只是不愿面对现实吧。是啊，你终究只有一个人，如何与整个社会相抗？屈原试图反抗了，可他最终泪洒汨罗江，一条英魂就此与世长辞；你比屈原豁达得多，所以你毅然归隐，回到田园，让疲惫的灵魂得以栖息。

元嘉四年，在你的田园中，在诗香墨香菊香酒香的簇拥之下，你含笑而逝。

这一年，你六十三岁。

四

我相信到最后，你对这世间的一切不平已经全都释然。你终于懂得隐逸的真谛，不是闭视塞听，不是与世隔绝，而是也只是不为俗世所扰的超脱淡然。这时你常常一贫如洗，饮酒都要靠朋友的接济；可是这时的你，才是我们心中采菊东篱下、飞鸟相与还的陶渊明。

田园是你的归宿，却更像是你的宿命。你于红尘世间颠沛流离，兜兜转转，最终仍是在田园结束你的一生。也许，哲人的伟大正在于他的寂寞与独一，正因为你毅然归隐，甘愿从官吏变作农夫，从田园里寻回自己的诗风，你才超然于那个时代甚至超然于历史，以一个你意料不到的方式岿然屹立，与古往今来的所有圣哲并肩。我一直想，若非那个时代，或许你能够实现你曾经的抱负，鞠躬尽瘁死而后已；可若非那个时代，我们的历史上暗淡了这一抹辉煌灿烂的人性光辉，我们的传说里缺失了那一座落英缤纷的世外桃源，那我们失落的精神又该往何处寄托呢？

所以，感谢魏晋，感谢田园，更感谢你——感谢你披荆斩棘，在我们的灵魂深处辟出一条通往田园的羊肠小路，让后世人在茫然失意时，能与你同归。

苹果梨

何文文

它叫苹果梨，是我最爱的梨子。

从外观上来看，它并不同于鸭梨的上瘦下胖，而是与苹果一般有着圆润、讨人喜欢的模样，再加上嫩绿的外皮，若把它和青苹果放在一起，倒也是很般配。第一次看到树上结出这种不同凡俗的果实，自觉生物之奇妙。后来才知道，那棵能结出苹果梨的树是经过姥爷嫁接的，因此能结出这样的果实也就不足为奇了。然后我又开始崇拜姥爷的心灵手巧，给予这棵梨子树以华丽变身的机会。若听到邻居笑呵呵地对着梨子树说："呦，这棵树还结苹果呐！""那不是苹果，是苹果梨……"还没等大人开口，我就会向那人解释，并且把那个"梨"的音拖得很长。（"苹果梨"只是我给它取的名字，是否等同于今天市场上的苹果梨，亦未可知，因为我没有尝过）。一般等到梨子八九分熟，果皮还是嫩绿色的时候，就可以将它们摘来吃了。这也正是其口味最佳的时候，果瓤脆嫩，汁水香甜。且不细说滋味如何，光是摘梨子的过程，就已经十分有趣了。摘果子是我们小孩子顶喜欢做的事情，小个子的在树下提起衣角，将衣服的下摆弄成一个布兜的形状，随时准备兜着将要被投下来的梨子；个子中等以上的，可以踩着长条凳子，把能够着的高处的树枝拽到身边，再去摘枝上的梨子。须踮脚时，必定得让人帮忙扶稳凳子，以免来个人仰凳翻；会爬树的当然更自在些，上了树以后，把摘到的梨子对准下面的小个子，喊道："快来，接着。"接得住时，梨子自然安全地躺在布兜里。接不住时，难免会被砸出

一个坑来，皮开肉绽。大人们呢，则用一根长长的竹竿，在一头绑上网兜，去勾那些长在更高处，当然也更大的梨子。一家老小，围着一棵树忙东忙西，即便远远地看着这样的场景，也能觉出幸福的滋味来。

猴儿似的我们，是没有耐心等到采摘完毕再去品尝的。吃的过程和摘的过程往往是同步进行的。摘得累了，在树上的就把手里将投未投的梨子啃了皮，就地吃了起来，一口下去，甜甜的汁水充溢于唇齿之间。树底下的也一边吃，一边就着阴凉处歇一歇。这棵树一年中所经受风吹日晒，寒霜雨雪，全都化作甜美的滋味。只是梨子的个头总体来说并不大，但这并不影响人们对它们的喜爱。我总认为，可能是它们只顾着变甜而忘了长大。

后来因为经常住校，回家的次数越来越少，也就更不能像以前一样经常去摘梨子和吃梨子了。到了吃梨子的好时节，家里人为了让我回到家的时候还能尝一尝它们的滋味，就提前挑几个大一些的，放到冰箱里冷藏起来。当它们被再次拿出来的时候，颜色已经由绿变黄了，还带着一股微醺的酒香味道。这个时候它们已经没有几分甜美的滋味，自然也不适合吃了。这样的反反复复，似乎很久没有再尝到第一次吃苹果梨的滋味了。别处的苹果梨，我也没尝过。

小说篇

回　门

沈　宇

　　王庄有个奇怪的习俗：嫁到其他村的姑娘必须要在夫家待满三个月后，独自回门，并将路上看到的最美的东西送给父母，以示孝道。三天后夫家再来人接回去。

　　而明儿正好就是王庄的姑娘，人生得水灵，心善又爱笑。眼见明儿嫁到赵庄已经两个多月了，离回门的日子越来越近了。村里的人都不免替她着急起来。

　　村里人都说"明儿是个好姑娘"，大人小孩都喜欢她。明儿的夫家是打鱼的，丈夫负责打鱼，明儿就负责卖鱼。明儿总是坐在竹凳上，身旁放着杆秤，但其实明儿的手就是杆秤儿。

　　村东头打柴的大强哥来买鱼，高声说道："明儿，来两条大鱼嘞！"

　　明儿笑了笑，从篮子里摸出两条大鲫鱼，用手掂量了下，朗声道："两斤三两，十块一斤，一共二十三块。不信你可以上秤！"

　　"哪能不信呢！"大强哥笑道。

　　"我这儿还有两个鱼头哩！你也拿回去吧，我这儿也不好卖。你炖个鱼头汤给嫂子好好补补，生个大胖小子儿。"明儿一边说一边利索地拿袋子套起来。大强哥付了钱，笑着走了。临走之前，他告诉明儿从赵庄到王庄，走村口南边的路最好，路近又平坦，走路很快就到了。

　　可是，明儿的手也有不灵的时候，隔壁赵大娘一个人在家，就爱吃鱼。这不，今儿又来买鱼了。

"明儿，给我来条鱼！中午红烧着来吃！"

明儿拿了条大鱼，用手掂了掂，道："就这条吧！六两！"

赵大娘心实，还是用秤称了下："傻丫头，哪能次次都信你的手！瞧，这鱼都快七两半了。今儿，你的手又不灵了。"

明儿也笑了："一共六块！"

赵大娘愣了一下，嘴里念念有词，说："算错了，不是这个数哩！"

"没错，鱼价跌了！"明儿嫣然一笑，一副胜券在握的样子。

"你这丫头，拗不过你！"赵大娘乐呵呵的，又和明儿拉起家常来："这村南口靠小溪边的路石子多，不好走。昨儿我去那儿散步，一路都磕磕绊绊的。你走那边小心点……"

还有，明儿也特别喜欢小孩，每次有孩子米，她都要给几个水果糖。瞧！小二狗又来了："明儿姐，我和你说哦！今天我去村南边的小溪边玩，发现那儿有很多漂亮的花，就像姐姐一样漂亮！赶明儿我摘来送给你！"

明儿笑道："好呀！姐姐可喜欢漂亮的花了！"说着，又拿出几个糖果。

时间过得可真快！一晃就到明儿回门的日子了。明儿刚踏出家门，守在她家门前的小孩便奔走相告。

"明儿姐出来啦……"她站得笔直，面带甜甜的微笑，一步一步走得很慢，走了很久……

从赵庄到王庄一路上都站了很多人，他们都对着她微笑，不断提醒着她："明儿，前边有石头，小心些！"

"明儿，当心路边的草头！"

"明儿……"明儿走着走着，离王庄越来越近了。

到小溪边时，小二狗捧着一束美丽的花儿，欢快地从草丛里跑出来，笑着说："明儿姐，送给你！"明儿轻轻接过，闻了闻花香，一股清香淡淡飘过，笑得更美了。

就这样，明儿顺利地走回了王庄，将漂亮的花送给了父母，完成了回门仪式。

其实，明儿，她是个盲姑娘。但她说，她眼中的世界很美！

老　时

朱方雨

　　故乡于我日益疏远了，毕竟一年只相处两次，多数时间也是躲进小楼韬光养晦，它于我早已成了束之高阁的旧物件了，偶尔趁着兴致咂摸下味道还行，要与它长相厮守我是万万脱不开身的。

　　时代的巨翼裹挟着人群往前涌去，千万个村庄的年轻血液都输送进城去了，留下老人孩子互相照看这遗失掉活力的沉默的乡村。坟茔迁不走，麦田尽头柏树的荫翳下就错落着安静、肃穆的坟茔，那是对远走他乡的游子最后的约束了。

　　老时家就在隔壁，夏末的丝瓜爬在两家院墙上，开出两面整整齐齐的花儿来。他背驼，头发花白，自我记事起就是六十岁的样子，脾气好但有点蔫，人家取笑他，他得顿好久才能回一句来，声音又极斯文，惹得乡汉们哈哈大笑。喊他老时并不严谨，村子就叫时庄，村里往来的行人都是"老时"或"老老时"什么的，可单他有此殊荣？村里曾有人物品鉴家，以一句"老时真老实"一语而中的。

　　父亲冬天要炒花生，院子里用砖架起大锅，母亲劈柴生火，院子里打打闹闹的都是自家孩子。老时不知不觉地就依在大门口背着手笑眯眯地看，母亲喊我给他端茶搬椅子，我把他请了进来。他进门就拱手喊父亲"朱老板"，父亲一手支着铲一手叉着腰笑着应他"时老板，时老板"。

　　一杯碎末茶添了又添，天也黑了，孩子们都聚到电视机前吃花生了，老时也不打哈哈了，半天也不说一句话。院子里人聚的多了，有人就提议

搞两桌牌局，父母亲忙里忙外地搬桌子倒水。老时起身了，不说话，穿过人群就走回家了。

他家的灯亮得晚，熄得早，不置办年货也没亲戚往来，路人讥笑他家门口的草够圈羊的了，他端着碗只笑不说话。父亲说他有心事，年前就总想串门找人唠唠，老时几十年的家谱在父母亲之后的话匣子里慢慢才铺陈开来，有些我是知道的，比如他老婆今年刚走，得了癌不舍得吃药，有些我是不知道的，比如他大儿子得精神病离婚，二儿子离婚定居石家庄，两兄弟之间又有间隙，那年春节打得很凶，老时哭着在两家来回跑。

不知多少个寒去春来，村里高楼越添越多了，两层，三层拔地而起，村前田里劳作的老时、老老时们被崭新的高楼衬得愈发陈旧，惟有站立在黄土里才能维系着某种画风的和谐。不过下了车远远看向我的村庄，树被砍得干净了，水泥路像一道铅色的输血管笔直地插进村庄肚子里，高楼被矻得码得整整齐齐，我果然对这片生长了二十年的故土愈发陌生了。

再见老时时是一年夏天，他在拆一面墙，那墙比他高了半个身子，他佝偻着背用耙口抵着砸裂的墙头往前推。一发力身子抻得笔直，一回力又缩成了一个瘪核桃，墙却纹丝不动，我看着笑，他也跟着笑。我不怎么费力帮他推倒了墙，顺带码了砖。过午的时候听见母亲在外面笑着和人说话，原来是老时送来了两瓶啤酒，母亲在和他推让。

要建设新农村了，首先是铺路，从站岗房那划线一路划到北地向阳河，长一百米宽七米的大道俯瞰下来会像一把刀片，刀片一点一点地矻开两边的土房旧瓦，填充以水泥钢筋，最后我的故乡就变成高楼林立、车来车往的他乡了。

新路宽，两边的住户多少都要收拢收拢菜园，挪挪砖瓦，我便长时间地待在家里帮忙。从母亲的只言片语里我了解了老时的近况。年前他生了场大病，儿子结婚后就把他接到了石家庄方便照顾，打算让他在那养老，他很听话，据他自己说在那每天就是接送小孙子上下学，母亲笑他要享大福了，他脸红着摆摆手。

年后那几天家里来往亲戚多，一批一批的来，饭桌上讨论的都是时庄拆迁的问题，几家颇有关系的大户已经探到口风了，说是国家要搞中部建设，华北诸县一连全拆，地也收，房也收，收完后建发电站，给全国供电。父母亲那些天都很高兴，我也跟着高兴。

老时是那天上午来的，身后跟着一个走路扭扭捏捏的大人，他穿着不得体的西装，里面是衬衣，脚下踢踏着旧运动鞋，母亲去迎他，他笑着眯着眼拱拱手问"朱老板在不在家，可能救济我点啊"，逗笑了一院子的人，弄清了来意后方知他是要去南京，身后那个沉默的大人是他的大儿子，他说是去南京玩玩，其实大家都知道他是要给儿子看病。

自那往后我再也没见过老时了，像过去的很多人、事一样，太多太杂就一股脑塞进箱子扔去记忆里某个角落里，任记忆蒙尘，我也懒得去打开它。

去年夏天回老家，家里已经准备好盖楼了，母亲说是父亲的主意。从远处看时庄，它似乎更贫血更衰老了，只是固执地一层层刷着漆来掩饰它的步履蹒跚。新起的楼越来越多了，而人却越来越少了，时庄的心跳就和留守的老人一样，跳得很慢，在这沉默中，每一下都跳得筋疲力尽。

老时也走了，他慌慌张张地走了，人们在农忙时也慌慌张张地去参加葬礼，两个儿子重归于好了，宴席上搭着肩双双把脸喝得通红。过午，一人一把铁锨，卖力地给父亲安起了新家。夏天午后的太阳灼得人如芒刺在背，三通炮仗响完后，远处收割机还在发出达达的冗长的轰鸣声。自此，柏树的荫翳下多了处坟茔，四周还长着莹绿的新草，一切如往常一样沉闷乏味，尘归尘，土归土，平淡的生活又归于了平淡。

今年初一我和父亲去上坟，老时的坟茔被雨水冲刷的像塌了的豆腐块，父亲培了新土，点炮，烧了几捆火纸。我突然问父亲，拆掉时庄的话这些坟茔怎么办，他沉默了很久，也没给我答案。

老
时

窗

杨亚涛

王婆是这条街上的老人了，从她嫁到这里来她就一直在这里，在这条街上为丈夫生儿育女，直到孩子长大，丈夫去世，她都一直在这里。这条街上有许多人，开澡堂的张氏夫妇，养了两三百只鸡的李家兄弟，一直再想要一个儿子却一直没着的王家媳妇，开小饭店的吴氏一家……这些人都和王婆一样，在东北的这条街上生活了很久，好像街口的那棵柳树还没出现的时候他们就在这里了，而现在街口的那棵柳树已经长成一棵参天大树了。每当王婆看到这样的情景时，总会感叹时间飞快，也总会想起自己刚嫁到这里来的情景。

王婆是南方人，当时在北京打工时才认识了老伴，老伴是北方人，豪爽大气，却比南方人更老实实诚。在王婆看来，老伴那宽厚的肩膀足以让她靠一辈子，也许就因为他那宽大的肩膀，王婆不顾家人的反对，下定决心要和老伴走，来到这一年都只有冬天的松花江的江边。来到这条街上的时候，街口还没有那棵柳树呢。

王婆是地地道道的南方人，自从嫁到这里来，就一直吃不惯这里的饭菜。但是她一直很喜欢吴家开的饭店里面的饭菜，尤其喜欢吃他家的豆腐鱼，在王婆看来，吴家饭店里的豆腐鱼再配上烫好的一小壶白酒，酒菜吃完之后再来一碗香喷喷的白米饭，那真是一天中最快活的时刻。王婆在老伴还在世的时候一直都为老伴做饭，变着花样地为老伴做饭，看着老伴吃得满嘴流油，她打心眼里高兴。王婆一直都觉得老伴会健健康康地和她走下去，至少老伴那宽厚的肩膀会一直支撑到她去世，可没想到，老伴却比她先走了。打从老伴走后，她就不做饭了，一日三餐都在吴家饭店里解决，不仅便宜好吃，而且还能在吃饭的时候和别人聊聊天，打发打发时间，只有东北那吹也吹不完的风才知道她每天守在家里有多寂寞，老伴走了，儿子和媳妇都在外地工作，偌大的家就只有她一个人。

"王婆，又来啦。还是老样子吗？"

吴家饭店是这街上唯一的一家物美价廉的饭店了，倒不是说这条街上就只有这一家饭店，近几年，这条街上莫名的出现了好多家饭店，但在王婆看来，都华而不实，里面装修得很是好看，但是东西少而又少，王婆第一次去吃的时候花了几百块都还没吃饱，在住在这条街上的人看来，这些新开的饭店都不如吴家饭店来的经济实惠，最主要的是吴家味道也很好，是这十几年来大家都吃惯的。

"对，还是老样子。"

吴家丈夫小跑地跑到后院，后院这十几只鸡都是从转角口的李家兄弟那进的，每只都肉多鲜美，但是给王婆不能给老鸡，得给王婆最小的，最嫩的小仔鸡。王婆老了，牙口自然也没有原来年轻时那么好了，不知道什么时候起，王婆的牙上出现了很多的小洞，吃东西一个不注意就容易塞住，吃完之后都得弄很久才能把牙给剔干净。所以，每次王婆来吃饭时，吴家丈夫都会自觉地现杀一只小鸡。这条街上都非常尊重王婆，谁家吵架，都是王婆去劝，而王婆来自家店里吃饭自然要给王婆最好的。

"王婆，对门的老杨也换啦！啧啧。"吴家媳妇在王婆耳朵边小声地说。王婆心里一震。

谁都知道东北冷得不得了，原来老东北家家都是木窗户，也就是所谓的"漆木窗"，用的是木条拼接在一起的，当地的装修工人安装好了窗户上的木条，然后再由家里面的女人糊上窗户纸，和别的地区不同，东北的窗户纸得糊在外面，东北风大气温低，在降温以后，室内可以烧柴火，虽然不冷，但是室内外温差大，窗户纸就容易结露，窗户纸一湿就不结实了，风一吹就坏了。所以在东北，得把窗户纸糊在外面，这还不算完，得

窗

找麻，两层窗户纸之间，加一层麻，成网格状，然后再用桐油刷上，王婆家当时在糊窗户的时候用的就是木窗，但王婆还利用剪纸把窗户装饰得红红火火的，王婆记得她家的窗户安好之后，还引来街上的好多人围观呢，纷纷称赞王婆的剪纸艺术，直到现在，这都是王婆引以为傲的地方。

可是，自改革开放之后街上的人都纷纷拆掉了家里的木窗户，安上了合金的窗户，有的人家还在窗户外安上了一圈防护栏，仿佛是要把自己锁在里面，与外界隔绝一样。王婆对此嗤之以鼻，在王婆看来，这条街上的人都在一起生活了几十年了，大家抬头不见低头见的，谁对谁家都是知根知底的，还装那些东西干嘛，防贼呢？街上的像王婆一样的老人们也都还是坚持木窗户，但是街上的小年轻们都已经换上了合金的窗户了，渐渐的，就只有王婆家没换了，仍守着几十年前自己和老伴糊的窗户纸，上面原来红红火火的剪纸在几十年的风吹雨打下早已经褪色，但是王婆就是不愿意换，在她看来，这是老伴留给她的念想，她不愿意换，也舍不得换，就这样，换窗户就一直拖到了整条街上就剩她没换上合金的窗户了。

"嗯，老杨腿不好，还有风湿病，是该换窗户了，木窗户挡不了风啊。"王婆故作轻松地说。

吃饱喝足后，王婆迈着小碎步颤巍巍地走在回家的路上，抬头望着家家户户的窗户。是啊，都换上了，都变成合金的了，一个个金属防护栏就像是笼子一样，把人们牢牢地锁在家里。窗户上都盖着一层昨晚下的大雪，大雪很厚，但是有了合金的窗户和金属的防护栏，大雪再大也不会影响屋内。不像她，昨晚上下了一夜的雪，她也一夜都没睡，木窗户根本抵挡不了风雪，她裹着被子窝在床上，却还是能感受到从木窗缝里渗进来的寒风，吹得她腿生生地疼，好像这风都能吹到她的骨子里。而窗户上的红剪纸也早已经不见了，不知什么时候被风吹走了，这风吹得她心里空落落的。

这几天，东北连续大雪还伴随着大风，虽然说这样的天气在东北是很正常，但是也许是人老了，王婆的双腿疼得下不了床。已经好几天没到吴家饭店里去吃饭了，吴家夫妻带着一保温壶的鸡汤来到王婆家看望王婆，一进门，吴家媳妇就裹紧了身上的大衣，说着，太冷。屋子里亮堂堂的，从木窗户缝里透进来的不仅仅有光亮还有那能吹进骨头里的寒风，而王婆就这样裹着好几床被子窝在床上，但是也抵挡不了吹进来的寒风，嘴唇都发白了。

"您这样可不行啊，这窗户得赶紧换，这大冷天的风吹得怎么受得了。"

而此时的王婆已经发烧了，整个人都迷迷糊糊的。吴家夫妻俩连忙打急救电话将王婆送到医院，并联系了王婆的儿子和媳妇，最重要的是他们和王婆的儿子商量之后将木窗户给换了。

王婆出院后，回到家，感觉家里暖和许多，没有了寒风，也没有了飘进来的雪花，抬头一看，就看见了新安装的合金窗户，她一语不发，什么也不说。

几天过去了，王婆的身体总算是恢复了，她又一次开始迈着小碎步在饭点的时候赶到了吴家饭店，品着酒，吃着菜，路上还是会看到这满街的合金窗户，但她再没有对它嗤之以鼻，相反，她突然发现这些合金窗户在阳光的照耀下是那么的亮……

窗

天上的世界

黄星宇

万师傅死了。

万师傅就这样死了。

京都里最好的烟火师傅，皇上御用的烟火匠人，闻名京都的城北疯老头子，就这样死在众目睽睽之下。不知是谁传开的，京都城北的那个疯老头子要坐着火箭飞上天去，总之，全京都的男女老少都放下手头的活计，出来围观了。母猪拱开了猪圈拥着猪崽挤到街上，老牛也踢开了牛栏，老鼠钻出洞来，混在人堆里，就连刚诞下半天的婴儿，也在父母怀中的襁褓里急忙睁开了眼。全京都所有的眼睛都聚焦在万师傅身上，看着他坐在绑着四十七节烟火的蛇形座椅上，手里还攥着两个风筝。然后，烟火点燃了，推着他缓缓升天，然后，很突然的，烟火在半空炸裂，炸出绚烂的花，他在花里，就这样死了。不知道是被烧灼在绚丽的烟火中，还是坠入了茫茫云霄九万里。总之天上没有落下尸体。

然后，第一个人尖叫道："他疯了！"第二个人尖叫道："他疯了！"然后所有人尖叫道："他疯了！"万师傅疯了，这个疯老头子真的疯了。

只有四宝知道，万师傅没有疯。

他去了天上的世界。

四宝是万师傅的邻居，小时候四宝最喜欢干的事就是到万师傅家，坐在一旁静静地看着他制作烟火。制作的工艺很简单，看上去绚丽无比的花火在万师傅的手里却也只是几道早已烂熟于心的工序。卷完纸筒后将纸筒箍紧，用黄泥将筒底糊住，再将磨好的熟硝与熬好的硫黄按混合好的比例灌入，一枚简易的烟火就制成了。

据说万师傅是京都最好的烟火匠人，做的烟花都是要供奉到朝廷，给当今圣上观赏的。可四宝不知道这些，他只是喜欢静静地看着万师傅工作。他从不打扰万师傅，万师傅工作时也不曾理睬他。直到那一天。

万师傅花了九九八十一天制做的烟火终于完工了，这本该是今年新年祭里供奉给皇室观赏的。但是万师傅知道他的观众只该有一个人，就是眼前这个陪着自己，看着这枚烟花诞生的孩子。

"你喜欢烟火吗？"

"我喜欢星星，烟火就像星星一样。"

那天晚上，万师傅让四宝到他的院子里来，然后点燃了那节做了许久的烟火。在色彩斑斓的烟火绽放的瞬间，似乎有什么东西从夜空中坠落。那是一块圆圆的石头，发着光。

他炸下了天上的一颗星星。那颗星星会发光、会滚动、会唱歌。

万师傅说，星星是从另一个世界来的。她是为你而来的，她属于你。

从那天起万师傅、四宝和星星成了好朋友。他们一起玩耍，一起唱歌，一起做烟火。万师傅做烟火时，四宝会在旁边看着，星星在一旁滚来滚去。

四宝的爹娘很奇怪，自家小儿子为什么会抱着颗会发光的石头自言自语，还天天跟邻居家的糟老头混在一起。

大宝对四宝说："你的星星哪有我的大黄威风？你的星星除了会滚、会发光、会唱歌之外，还会干什么？我的大黄可就不一样了，它一亮牙，那街头的恶霸也会被吓跑。"

"但是，它不会发光呀。"

"我的大黄前面有两条腿，后面有两条腿，跑起来比风还快！"

"但是，它不会滚呀。"

"我的大黄叫起来可响亮了，他吼一声比打雷还吓人。"

"但是，它不会唱歌呀。"

天
上
的
世
界

星星从天上来，从那个世界来。

万师傅问了星星很多问题，关于天上的世界。虽然星星不会说话，但她会唱歌。他想造一节火箭，飞向那个世界，如果四宝乐意的话，他不介意带上四宝。

后来，四宝爹娘带着四宝搬走了。

四宝上了私塾，成日里被逼迫捧本圣人的语录念着，"三才者，精诚义"，"三光者，日月星"。经本里的星星代表着不可忤逆的纲常与秩序，恫吓着少年渴望自由的灵性。星星记忆中的四宝变了，四宝记忆中的星星也变了。四宝长大了，知道见到先生要问好，见到爹娘要请安。他还知道自己再也不能对着星星发呆了，别人会叫他小疯子。星星啊，也不再唱着无忧无虑的歌谣了。

后来呐，星星就不再张口，不再发光，不再滚动了。她死了，变成了一块石头。

四宝也不再做梦，不再梦到星星、万师傅与自己，还有那个天上的世界。

万师傅死了，京都里最高兴的还数万师傅的儿子。万师傅生前供奉给皇室的烟花所换来的赏赐不少，但万师傅并不在意这些，他把这些金银财宝都锁在宅北的储放杂物的小屋里。逢年过节要用钱时也不瞧上一眼。这可急坏了由检。这下倒也好，自己这疯老爹一死，这些所谓的皇家珍宝也就名正言顺地归他了。

"不找回你爹的尸骨埋好，这些钱财你休想碰一下！"万氏喝道。

小万没辙，倒也只能听娘亲的安排。反正小屋存的钱多，于是大榜一张，谁能找到万师傅的尸骨，赏黄金百两！整个京都又躁动了起来。先前眼睁睁看着万师傅死而无动于衷的人们此刻又巴不得尽快找到他，母猪再次拱出了猪圈，老牛再次踢开了牛栏，一窝又一窝的老鼠再次窜上街头，想要嗅一嗅万师傅的踪迹。人们找遍了京都所有的角落，却找不到万师傅一点儿的踪影。然后就有了阴阳先生的掐指一算，说万师傅的尸骨落进了九千九百九十九丈深的潜龙渊，又有了风水大师的大手一挥，万师傅的尸骨被挂在了九千九百九十九丈高的盘龙崖上。

再然后，京都边新立的孤坟便接连被掘，无一幸免，每天到万宅来送尸骨的络绎不绝，都说自己找到的才是正宗的万师傅的尸骨。小万倒也不在意，拖了几天，随便挑了一具，埋在了自家祖坟里，当着万氏的面跪在坟头磕了三个响头，大叫三声："爹爹走好。"便领了金库的钥匙，逍遥去了。

全京都里，只有四宝希望万师傅没死。也只有他知道，万师傅去了另一个世界。

四宝的手里，攥着那颗不再会发光、不再会唱歌的石头，他这次回京都就是想找到万师傅，让他救活星星。可是万师傅已经先走一步了，去了那个世界。早知道，该让他把星星一起带着的，送她回家。

星星啊星星，天上的世界里，你的世界里，让万师傅如梦如痴的世界里，到底有些什么呢？

星星好像又开始唱了。

> 远远的街灯亮了，
> 好像闪着无数的明星。
> 天上的明星现了，
> 好像点着无数的街灯。
> 在那缥缈的星空，
> 定然有美丽的街市。
> 有谁在那里
> 游弋着，叫卖着
> 说
> 我有一块美丽的时间。

酒肆里，醉客们都很惊异地看着这个远来的游子，捧着块石头，唱着无人能懂的歌谣。

"万师傅，你为什么想去天上的世界呢？难道凡间的世界不好吗？"

"长大？为什么要等我长大才能明白呢？你和四宝说说嘛，四宝可聪明了。"

"什么叫做信仰啊？为什么别人不向往天上的世界呢？为什么万师傅和别人的信仰不一样呢？"

四宝还记得那是一个夏夜，空气里弥漫着阵阵柔软泥土的香味，天上没有繁星，地上倒有一颗星星不停地滚来滚去。万师傅的话，四宝虽听得糊里糊涂，但还是悄悄地把它记在了心里。

万师傅在四宝的一连串的追问下，说了长长的一大段："信仰啊，每个人都有的，不过那些人所信仰的无外乎是身外的功名利禄，不过是些拿不起又放不下的狗屁玩意儿。但天上的世界不一样，至少那里很干净，比这儿干净。我苦苦地追寻那个世界，也只是想给自己与这个世界格格不入的灵魂找个寄托的地方罢了。那儿啊，都是些像我这样的老疯子嘞。"

"谁说的，万师傅才不疯，万师傅最好了。"

是梦吗？那个弥漫着雨后泥土清香的梦？

星星还在唱吗？

> 我有一块美丽的时间啊
>
> 记载色彩缤纷的凡间
>
> 无比美妙的名为背叛
>
> 无比绚烂的名为欺骗
>
> 可怕啊
>
> 那是凡间罪恶的茧
>
> 这里可是天上的街市
>
> 我只能
>
> 悄悄地
>
> 悄悄地叫卖着
>
> 他们笑我

看！

那就是地上的污玷。

　　酒肆已经到了打烊的时辰，小二看着趴在桌上的游子，他似乎已经睡着了，嘴里轻声说着什么要到天上去的呓语。小二似乎听见有隐隐约约的歌声传来，又看见摆在桌上的石头在发着微弱的光，他似乎还嗅见了夏夜里泥土的香味。真奇怪啊。

　　"客人，打烊了。"小二碰了碰趴着的游子。

　　游子醒了，放下二两碎银，背着行李，捧着那块会发光的石头，走出了酒肆。

　　"是时候走了啊。要去哪儿呢？你会在天上的世界等我吗？"

　　不久，在京都的某个角落，一家小小的烟火铺子，开业了。

　　注：星星的唱词改编自郭沫若《天上的街市》。

天
上
的
世
界

大雨滂沱

杜中强

天空像是要下雨。

乌云从四面积聚到天空的正中央，像一锅被烧的沸腾的墨水，翻滚着令人不安的黑色。气压也低得吓人，没有风，即使是初夏时分，现在动一动也全身是汗。马路上堵得厉害，从远处就可以听到此起彼伏的鸣笛声，天空越发暗了下来，街边的店家也陆续打开了自己的霓虹灯，可能是路灯还没开的缘故，今天的霓虹灯显得更加炫目而让人头昏。秦欢匆匆走过街道，她要快些赶到街角的咖啡店，她要去赴约。

说是赴约，其实这次"约会"，完全是由秦妈主导的，前些天秦欢下班回来在门口换鞋，秦妈听到声音，就从厨房里走了出来，手上还拿着锅铲，她对秦欢说："唉，你这周日不是没事吗，你刘姨给你介绍了一个对象，就是他儿子，那小家伙我看过，各方条件都蛮不错的，那天去城南的超市买鸡蛋，还是他送我回来的，又懂事，又能干。你那个刘姨，也是个好人，没脾气的，你要是将来嫁了过去……"

秦妈没有继续讲下去，女儿今年有28了，她身边的朋友也都陆续结了婚，秦妈心里知道，女儿比自己还着急，所以她对"结婚"之类的词语都很敏感。

秦欢顿了顿，她不知道一向不愿出门的妈妈这几个月来从哪交来的这些阿姨，她也不知道自己为什么一直找不到如意郎君，不过她已经没空想这些了，若是在25岁以前，这次相亲还可以是选择题，但25岁之后，好像什么都变了，周围的姐妹都陆续结婚、生子，唯独秦欢至今还是单身，周围的一切都改变得太快而又没有预兆，所以秦欢这次决定试一试。

咖啡店就在街角，从那家小林面馆转过去走到尽头就可以找到，咖啡馆是新开的，一进门就可以闻到咖啡的香味，秦欢挑了一个靠近窗户的位子坐了下来，她看了看表，离约定好的时间还有20分钟，秦欢是故意早到的，因为早到可以避免不必要的尴尬，秦欢发现，年纪渐长后，她越来越不喜欢和陌生人打交道。

秦欢望向窗外，透过玻璃，她发现堵车的队伍，已经蔓延到了这里，但好在玻璃的隔音效果蛮好，听不见令人心烦意乱的鸣笛声，她还发现自己的旁边座位，坐了一对情侣，两个人都是20岁出头的样子，穿着情侣衫，一起在吃着一块巧克力蛋糕，青春真好啊，秦欢不禁暗暗感叹，看着两个小情侣你侬我侬的样子，她想到了她在大学里的日子。

那是坐落在南方的一所大学，梦似的2008年，整个中国都沉浸在汶川大地震的悲痛和奥运会成功举办的欢喜交织而成的复杂情感中，就是在那一年，秦欢踏入了大学的大门，大学的日子比想象中的要精彩，秦欢加入了学生会，那一年正好适逢学校校庆，各色的晚会活动接连不断，秦欢就这样游走在各个会场之间，那个时候，秦欢觉得自己欢脱得像一只小鸟。就在那样一个忙碌到近乎忘了自己的日子里，秦欢遇见了沈嘉阳，那是一次节目审核，沈嘉阳唱了一首周杰伦的《青花瓷》，那是个周杰伦仍然很火的年代，几乎大街小巷都在放这首歌，沈嘉阳的声音很美，对就是很美，如果把一般男生浑厚低沉的嗓音比作江水滔滔，沈嘉阳的嗓音则更像小溪潺潺，但即使这样，沈嘉阳还是落选了，理由是前来观看的领导、老师不一定喜欢流行歌曲，他们要找的是那种唱老歌的男生，秦欢不明白，因为这次晚会还有很多领导、老师没有应约，到时候还不知道会不会来，其次晚会上肯定会来的是大批的同学，他们肯定喜欢，秦欢第一次感觉到偌大的不公，她有些生气，直到讨论会结束，她都没有再说话，她多想这时有人问问她的意见，但是会议还是照常进行，秦欢第一次觉得自己离这个深爱的组织是多么遥远。

大雨滂沱

晚会照常举办，沈嘉阳没有上台，而是作为工作人员站在了台下，在他旁边的是同年级的周柠，似乎每个人的青春里都有一个这样接近完美的女生，周柠来自舞蹈队，如果不是因为排练时意外受伤，她现在应该是开场舞的主跳，秦欢突然感觉他们是多么般配，都是一样的面容姣好，一样的充满朝气，一样的有着不能上台的遭遇，而且，阴差阳错的，他们三个被调到了一个工作组，除了他们，还有一个叫林启年的男生。晚会举办得很成功，秦欢的小组也完美地完成了任务，那天晚上，她们一起去吃庆功宴，觥筹交错之间，秦欢感受到了前所未有的青春的热烈朝气。

校庆的余热一直持续了好几个月，秦欢和她的小组成员也在一次次的活动中变得更加熟悉，秦欢和周柠成了无话不谈的好姐妹，她们一起上课下课，一起出落在学校的各个角落。时间过得飞快，即使是校庆，也因为突如其来的冷空气和考试周而削减了热度，几乎整个大学的学生都投入了复习的队列当中，就是在一个月明星稀的晚上，周柠在从图书馆回到寝室的路上，告诉了秦欢她对沈嘉阳的爱意，秦欢觉得心里有股说不出来的滋味，她抬头看看天又看看周柠，然后就像每个闺蜜应该做的那样，怂恿周柠去和沈嘉阳告白。

告白是在考试周接近尾声的一个晚上，周柠把沈嘉阳从图书馆里叫了出来，塞给了沈嘉阳一封情书，讽刺的是，周柠的文笔并不好，那封情书是秦欢写的，周柠接到情书，十分惊喜地告诉秦欢她写出了自己的心声，但她哪里知道，秦欢不是在写她的心声，而是在写自己的心声。秦欢把情书交给了周柠，还开玩笑说如果成功了，要请她吃饭。

于是秦欢就在不久后吃了一顿免费的火锅，还是四人组，还是在那个第一次吃庆功宴的那个饭店。晚饭结束后，周柠要赶火车回家，沈嘉阳要送她去火车站。而林启年和秦欢由于是本市人，所以一起坐公交车回去的，回去的路上，秦欢一句话也没说，倒是林启年，阴阳怪气地念了一句诗"我本将心向明月，奈何明月照沟渠"。秦欢觉得他也喜欢周柠，才会说这样的诗句。

春去秋来，大学四年，他们四人组却依然是四人组，还是会定期聚会，嘻嘻哈哈，就和每个普普通通的大学生一样。毕业晚会上，周柠告诉秦欢她和沈嘉阳已经和平分手了，她想说原因，却被秦欢打断了，秦欢指着舞台上唱着民谣的大一学生说，你听他唱得多好听，就像，潺潺的溪水。

"你好！"一个突然而来的声音把秦欢从回忆中拉了回来，那个声音是个男生发出的，秦欢意识到这就是那个刘姨的儿子，她抬起头，突然发现青春和她开了一个过于严重的玩笑，她笑了笑，回了句，你好。

此时，店内播放的音乐是 Phil Everly 的 *Let It Be Me*，而窗外，大雨滂沱。

大雨滂沱

水袖美人

张晓迪

山上的风干净清爽，月亮一个圆轮描边，实实的没一点缺。

弯绕的井绳拉着晃晃悠悠的木桶，木桶里的圆月一层层地叠着碎金边，廉翠稳稳地把木桶放下，抬手摸了摸挤了纹的眼角，又顺着眼睛轮廓抚上了眉尖，细细地描摹着，眼睛一眨，想起那清亮温软的声音："姐姐这头发真好，黑亮黑亮的……像泼了墨的缎儿……"这头发好，这头发好，廉翠笑了，干哑瘪闷的声音，她把手又抬高了些，慢慢抚着头顶的软发，又抚下去，是细软的辫子，有些毛躁，"这头发真好……"她想着，弯下腰用手捧了水，慢慢抬高，细细地洒在发顶，又细细地描在辫子上。

戏台上哝哝呀呀的声音散散地飘着，干黄的竹竿上绕着电线，在场地四角边竖着，围成一个不小的圈，远处近处都挤着人，人们雾着眼睛看着系着红缎边的戏台上一下一下飘着的白亮亮的水袖。

"哎，那戏服廉翠就有一件，她还穿过……"人堆尖尖地笑着。

"哎呦，翠儿穿那可好看了，是从哪得来的一件呀……"人堆又尖尖地笑……

"王八羔子！让你说！"男人一个大手刮过去，人堆乱了，男人脸胀着红，握着拳的手冒着青筋，人堆尖尖地叫着。

"闹什么闹！这镇上派来的戏班子在唱戏，你们闹什么闹！都给我坐下！"村长沉沉的声音从戏台边落了过来。

人堆安静了。

山上的风干净清爽，夹着深秋的干叶香，山间闪着一条银白的细带子，串起一丛丛泛黄的灌木。

廉翠把木桶提到内屋，用棉布沾了水，细细擦着红边白瓷的瓷盆，一圈一圈绕着，她抿着嘴，从鼻孔里细细地吸着气，小拇指翘着，又绕一圈，再绕一圈……又把瓷盆捧着，凑着月光一遍一遍地看，干净了，还泛着光。廉翠提起木桶，桶里的水像山间涓涓的溪流流进了瓷盆，一层一层叠了起来，她放下木桶，把瓷盆端到木桌上，木桌上还放了一面红色塑料边的镜子。

"……少年子弟江湖老，红粉佳人两鬓斑。三姐不信菱花照，不复当年彩楼前……"

戏台上来了兴致，挎刀阔步黑衣粉面，嚯呀呀地唱着戏段，台下的人堆里也有人捏着嗓子跟着："三姐……不信……信菱花……"一个拐腔没跟上，人堆哄一下笑了，跟腔的人尖着嗓子喊："什么破戏！一堆软骨头唱的玩意！"

人堆又尖尖地笑了。

山上的风干净清爽，又藏了些淡淡的戏台脂粉味，泛着一小团一小团香甜味。

廉翠把柜底的小盒脂粉放在掌心捧在木桌上，她白日里听人说山下搭了戏台，镇上的戏班要来唱戏，心里就泛着甜，打了几个嗝都是酸甜酸甜的。她爬下山，远远地望着忙碌的帮工，把鞋底从山上带的湿泥小心擦干净，又抹了抹脸，鞋尖碰着鞋跟地挪着步子走，她想起那个人在台上的身段，大约走路也是如此，挪着莲步。

她草绿色的手颤巍巍地落在戏班主的面前时，班主一愣，皱了皱眉，粗了嗓子说："大姐您有事吗？"

她额角泌了汗，抖着手颤着声说："班主……能借些脂粉吗？"

"脂粉？"班主戏谑着笑了，一班子的人都哧哧地笑了，"这小娘子要脂粉要到戏班里来了，莫不是拿着脂粉去做些风流事吧……"

廉翠也不还嘴，黑红着脸站着，又喏喏地说："您就借点吧……"

班主也没再为难她，就给了她几小夹盒，她拽了拽衣服下摆，伸手接了过来，又打了个嗝，还是酸甜酸甜的，戏班子的人又哄一下笑开了，廉翠也跟着哧哧地笑。

廉翠想着白日的事，又抿着嘴笑，翘着小拇指，把脂粉一盒一盒地摆放在木桌上，又一盒一盒拿起来，再放下去，又抿着嘴笑，她看着红塑料边的镜子，里面的廉翠额角的头发白了些，眼角的皱纹像刻进去一样，干涩的嘴，浑浊的眼，这是廉翠。她看着自己翘着的小拇指里面染着草绿色，身体一颤，哗啦一下把手放进瓷盆了，使着劲揉搓着，她又呜着哭了出来，泪水划着鼻边，顺着皱纹流进干涩的嘴角。

廉翠，廉翠……

"姐姐你这头发真好看，黑亮黑亮的……像泼了墨的缎儿……"

"姐姐！姐姐呀，这戏，这戏我唱不下去了，难呀，男儿本志在四方，怎么能留在这小台子上呢……"

"姐姐！这戏服就送给你了，我或许回去就能走马四方，不唱戏了，姐姐也要挺起背来……"

戏服！廉翠把手拿出来，用棉布擦干净，出了内屋，又走出堂屋，走进后面的小后院，拿了把锄头，砸在坚实的土地上，圆月亮堂堂地悬着，廉翠呵着气一下一下挖着，挖深了，就看见了红木箱子，廉翠扔下锄头，蹲下来把红木箱子取了出来。

戏服！戏班离开山里之前，那个人从戏班里跑了出来，端着红木箱子爬上山，那时山上的灌木还多，龇牙咧嘴地拦着他，他护着箱子跑到她面前时满头大汗，长衫撕着大口子，鞋底是厚厚的泥，却笑着说："姐姐！这戏服就送给你了，我或许回去就能走马四方，不唱戏了，姐姐也要挺起背来……"

廉翠肃着脸，把红木箱子抱着回了内屋，她端端地走到瓷盆前，把手洗干净，打开了红木箱子，里面是一套大红色的戏服，夹袄服面上绣着鸾花，白领子上绣着伸展的兰草，里面的衬衣是乳白色，长长的水袖顺着廉翠的手滑了下来。廉翠把戏服细细叠好，端坐在镜子前，打开了夹盒的脂粉，用手指细细匀着，她微微抬手，描摹在两颊、额边、眉间……细细晕了一层白色的脂粉，她又打开一个夹盒，点了点，匀在两颊，颊间有了粉色，她又描了眉，尖细尖细的眉尖挑着。

廉翠抬高手，顺着发顶抚下去，是软软的辫子，她手指动了动，软软的辫子散开，廉翠抿着嘴笑，偏头把头发散开，用木梳子细细梳着，她看着镜中的自己，镜中的廉翠，白面粉颊，黑亮黑亮的头发像泼了墨的缎儿一样，这是廉翠。

廉翠，廉翠……

廉翠站了起来，把身上的泛着草绿色的粗布衣脱下来，用棉布细细地擦着身子，她抿着嘴笑，拿起戏服，衬衣，夹袄，夹袄服面上绣着鸢花，紫色的鸢花溢着戏台脂粉的香甜。

在这山里，萍水相逢也像被烟墨笔勾画，深深深深地泼洒着，廉翠想她对男人低头喏言了十几年，也没见过山外面，不知道山外面是如何景色。她第一次听戏，是那个十几岁的男孩子唱的，咿咿呀呀的，好听极了，她问他能不能教她唱戏，他叫着姐姐，夸她头发生得美，她低着头痴痴地笑。她懂他的悲愤，他想抹掉脸上厚厚的脂粉，像个真正的男儿一样，他也懂她，她想走出去看看，想站在台上唱出戏，咿咿呀呀的，定也是好听极了。

山上的风干净清爽，月亮描着金边。

山下的戏台散了，人堆黑压压地往山上走，廉翠抬着戏服白灿灿的下摆，在银色的带子上走着，她要下山，戏台还在，她又打了个嗝，酸甜酸甜的。

廉翠挪着脚步，轻盈地走着，她抿着嘴笑，黑亮黑亮的头发被夹着脂粉的香甜的风抚着，廉翠心里舒服极了。她走到山下，看着系着红缎子的戏台，四周的竹竿已经被拿走，人堆散了，月亮还悬着，她挪着步子，慢慢走近戏台，她又沁了汗，手在抖着，她抬起手，翘着兰花指，搭着水袖，她的脚颤颤地落在戏台上，高昂的头披着黑亮黑亮的长发。

她站定，抿着嘴笑，甩着水袖，唱："问苍天何日里重挥三尺剑？诛

尽奸贼庙堂宽！壮怀得舒展……"

　　"姐姐，这戏服就送给你了，我或许回去就能走马四方，不唱戏了，姐姐也要挺起背来，做自己心里的事……"

　　"……壮怀得舒展……"

　　山上的风干净清爽，夹着山间干叶的香，还藏了女人几滴酸甜酸甜的泪，咿呀的戏声顺着飘着的水袖，走进这座静谧的山。

此间芳华——安徽师范大学文学院本科生原创作品选集

花与死神

李娅楠

这天，死亡降临到了一位画家的头上。

死神再次走进了这座城市。他很清楚地记得，上一次来，这里爆发了一场可怕的瘟疫。引发那场瘟疫的原因至今没有查明，他只知道当时事态非常严重，有一两个星期疫情的蔓延速度甚至超出了他本人的预料。每一处街道都弥漫着死亡的气味，炎热的空气渗透进密密麻麻的隔离帐篷，所有人脸上都写着挣扎的恐惧和等待的焦躁……

什么投票啊？神来到了画家的窗前。他正伏在桌上打盹，画室乱七八糟堆放了很多东西，这种摆放规律可能只有他本人清楚。瘟疫横行的时候，死神走遍了街上的所有人家，这间画室他也曾来过。当时瘟疫选中了画家的妻子和女儿，死神就像现在这样站在窗前，看着医护人员将柔弱的生命带离他的视野，然后转身离开。和所有亲眼看见死亡的人一样，那时候死神看到画家有一张极度痛苦的脸，惊惶、悲哀、无名的愤怒，这张脸他见过不止一次。

死神当时想，这就是人们对待死亡的态度！不了解死亡的人总以为死亡是个痛苦的过程，他觉得这难免有些肤浅。但造成这种分歧并不是死神的过错，毕竟他没有肉体的生命，于他而言，死亡不是短暂的瞬间，而是一种永恒的状态，所以他自然无法理解人类不可名状的恐惧。

画家醒了，发呆似的望向窗外。死神看到了一双浑浊的眼睛。交错的血丝缠绕着深切的疲惫，他的眼神空乏无力，涣散而且没有焦点，潦倒的

模样一如既往。

死神静静凝望着垂死生命的眼睛，因为眼睛是心灵的窗户，他知道很多人临死前总喜欢回忆梳理自己的过去，从他们眼底飞逝的光影中，死神可以看到很多东西。如今，死亡已然来到了这个可怜人的脚边，那么他现在在想些什么呢？

死神走进画家记忆的长廊，这里就像艺术博物馆做展览一样，排满了画。死神发现这位画家对花有着特殊的喜爱，因为每一幅画上都有花的身影。其中，令他印象深刻的有这样四幅：第一幅是漫山遍野的向日葵，花影交错间有一个小小的身影若隐若现；第二幅是一枝绚烂绯红的玫瑰和少女的半张脸，朱唇轻启似乎在诉说着爱的缠绵；第三幅是洁白如雪的绣球花，开在青藤缠绕的篱笆旁边，圆滚滚的形状就像孩子手里的皮球；第四幅是高贵神秘的紫罗兰，花瓣上的露水还没有蒸发，浪漫的紫色仿佛被轻盈的薄雾温柔地笼罩着。

站在鉴赏家的角度，一幅画的成功与否是需要综合考量的，不仅需要巧妙的色彩搭配、选择恰如其分的构图比例，还要有充实纯真的情感流露其间……死神觉得画家的作品有一种无法言说的魅力，显然也一定符合鉴赏家们繁琐的要求。接着，他没有在画家的脑海里做过多的逗留，便轻轻吹灭了他的心烛。

如果死神细心一点，那么他一定会捕捉到画家临死前瞳孔有一瞬间的放大，在这短暂得出奇的一瞬间，画家浑浊的眼睛里闪现过一种奇异的光芒。

后来，画家名声大噪，和历史上多数出色的画家一样，功名富贵永远都比死亡慢了半拍。说来奇怪，画家的名字被世人知晓其实还应该感谢那场瘟疫产生的余波——由于当年死亡人数众多，省长决定选择瘟疫结束的那一天作为死者的追悼日，一方面给活着的人带来慰藉，另一方面警醒世人在瘟疫面前需要保持镇定，变相敦促着人类医学事业的进步。

于是在追悼日这天，小城的人们着手整理死者的遗物，画家的作品这才得以重见天日。特别在经过几位当代大师点评之后，这些作品又被赋予了耀眼的光环，一时间画家的故事被传得沸沸扬扬。市长见状，发现这位死去的画家对本地的旅游业发展颇有价值，于是花大力气改造了画家故居，不停地搞绘画作品巡回展览……他这么做可谓是一举多得，不仅做到了资源的充分利用，他本人也因为在城市经济建设方面取得了卓越的政绩而平步青云。

画家声名远播，死神在人间散步的时候也多次听闻。但是人们的说法和他的记忆有着很大的出入，敌不过好奇心的驱使，死神第三次来到了这座城市。

当天恰逢这位已故画家作品巡回展览活动的开幕，死神驻足在人群之中，听着讲解员滔滔不绝的演说。可是，他越听越觉得不可思议——画家最出色的作品几乎全部诞生在瘟疫流行的那段时间，言下之意就是那场瘟疫造就了这位成功的画家。死神感到十分费解：为什么一场瘟疫可以拥有如此神奇的力量？

按照他的理解，瘟疫意味着死亡，肤浅的人类一向看不透死亡的真正含义，动不动谈虎色变，死亡怎么可能成为艺术灵感的来源呢？而且死神十分清楚地记得，眼睁睁看着瘟疫夺走妻子女儿生命时画家脸上绝望的神情，以及他第二次来到这座城市，在画家脑海里看到的四种花——向日葵、红玫瑰、绣球花和紫罗兰，这些花卉简直就像比照现实复刻出来一般，的确令他记忆犹新。而且死神可以断言，在那个瘟疫流行的时期，所有人都在为躲避死亡而惶惶终日，没有人会在那种时候还坚持着养花种草的闲情逸趣，所以这些花必定是画家想象中的存在，但最关键的是，这四幅画随便哪一幅都无法让人把画家和他所处的瘟疫之城联系起来……

这时，讲解员说这些画的魅力在于其中含有一种异常蓬勃的生气——那些大师们的评语概括得恰到好处——"这是一种经历过死亡洗礼的生气，是重生之美"。话音刚落，死神脸上有一秒的惊愕。

人类竟然会有如此独到的体悟，这是过去死神无法想象的。对人类固有的成见一时间被改变了，并且这种思维定式被打破的感觉进一步激起了死神参观的兴趣——他想知道接下来人类会不会再一次令他惊喜。

花与死神

死神的期待没有落空。

讲解员告诉大家那场瘟疫夺走了画家的妻女，的确可以算作是命运对他沉重的打击，但是他一生中所遭受到相似程度的打击并不只有这一次，所以我们有必要去看清楚事物的全貌。

紧接着，讲解员让众人跟上他的脚步，他坚持说只有亲眼看见了这些画才能真正地了解这位画家。

第一幅画上有一栋遭受大火焚毁的小洋房，墙壁上触目惊心的黑色痕迹、七零八落的屋顶残片和空气中尚未散尽的浓烟都在向观看者交代这场大火的来势汹汹。讲解员告诉大家，画家这里画的是自己童年时经历的一场变故：大火埋葬了他慈祥的双亲和殷实的家境，从此他便只身在世上飘零。然而值得关注的是，画卷的右下角有几株阳光下盛开的向日葵，一明一暗对比鲜明，虽然阳光照射到的区域少得可怜，但却夺走了整幅画作的重心。

第二幅画是一个年轻人拿着一束有些发蔫的玫瑰在车站焦灼地等候着什么人。画上年轻人的面貌不甚清晰，他的衣着有些寒酸，但从他拿着玫瑰时显露出的小心翼翼不难推断：他等候的人一定非同寻常。讲解员说从这幅画中可以看出画家的绘画功力，虽然年轻人的五官轮廓让人一时看不真切，但是他眉眼之间那种紧张和羞涩早已溢出画外。这个年轻人极有可能是画家本人，因为人们可以从他的日记里读到他在车站等待心上人时丰富的内心活动。

第三幅画是一个眉目清秀的小女孩蹲在几簇白色的绣球花旁边，专注地盯着一只停留在花蕊上的蝴蝶，小手做出的扑蝶架势活灵活现，仿佛下一秒蝴蝶就会落入她手中一样。讲解员娓娓指出，画家最厉害的地方是对小女孩神情的刻画，尤其是她嘴角那里抑制不住的笑意。画中的女孩正是画家的女儿，城中很多人都忘不了这个孩子，因为每一个见过她的人都觉得这个孩子和天使一般无二。

第四幅画是一片盛开在乱坟岗上的紫罗兰，所有的构图元素都是这些花的陪衬，黯淡压抑的环境中这种紫色的花格外地惹眼。作为画中唯一的亮色，讲解员给出的解释是这些紫罗兰代表了画家对于死亡的理解。乱坟岗一定是指代那场可怕的瘟疫，因为那时候由于死亡的人数太多，正规墓地再也没有多余的空间，所以人们就只好在野外草草把尸体掩埋，于是就形成了很多乱坟岗。

人们常说，光阴流转不过弹指一瞬，紫罗兰却是永恒之爱的象征，画家偏要把短暂的生命和永恒的存在放在一起，难道不正是因为在他看来这两者并非扞格不入吗？讲解员推测，画家大概是从这场瘟疫中参悟出了死亡全新的含义——从某种程度上看，死亡也意味着重获新生，人面临死亡时痛苦地纠结不过是由于对未知天然的恐惧。

这幅画是画家最后一幅作品，在临死前的一个月内，他再也没有写过日记，所以在那段时间里，他内心的波澜无从窥看。但据他的邻居描述，这位绘画天才是坐着离开人世的，那时他长久地保持着望向窗外的姿势，仿佛窗户的外面是一个全新的世界。总之，这幅画是画家最出色的作品已经成为举世公认的事实。

至于后面的画作，死神没有继续欣赏下去，因为他觉得以上这些已经足够了。画家在面对死亡的那一刻想到的四朵花，向日葵是童年，红玫瑰是爱情，绣球花是亲人，而紫罗兰大概就是"重生"，这原来就是人的一生和死亡的意义。

死神笑了，因为四朵花。

花与死神

雪人与云朵

许 茗

一年一度的万圣节要来了，这是南茶藤小镇最盛大的节日。早在一星期以前，节日热闹的气氛已经弥漫开来，家家户户都在为万圣节当夜的装扮大费心思，主妇们围着厨房团团转，精心地准备着节日盛宴所需的材料，孩子们在秋日的市集里蹦蹦跳跳，带上平日积攒起来的零用钱和会变魔术的奇怪叔叔阿曼交换可以随意变形的玩具。

"看，小层！阿曼叔叔手上的棉花糖飞起来啦！"小悠兴冲冲地摇了摇小层的肩膀。

小层不耐烦地撇了撇嘴："这有什么好稀奇的，无聊死了。

棉花糖在空中拉扯伸展转了一个圈，尽情地施展完它的柔韧度之后，渐渐向天上奔去。它越飞越高，直至变成一朵柔软的云。

"走，我们去那边看看，也不知道大家围成一圈在干什么呢？"小悠拉起小层的手往前冲过去。但是很快他就感受到后方传来的阻力。

"我觉得好没劲，我要回去玩我新买的游戏机。"小层兴致缺缺，怏怏地说。

"好吧，既然你不愿，好吧，那……那就算了。"小悠垂下头，跟在转身回家的小层身后，本想上前拍上他的肩膀的手终究是放下来。但他低落的情绪并没有持续多久，很快他又兴高采烈地开起了话头："嘿，也不知道那朵棉花糖最后还能不能回到人间呢，你还记得吧，就是今晚那朵升上夜空的棉花糖，它真是又可爱又漂亮！"

说着说着他的声音又低下去，几不可闻了："它在空中会冷吗？它会想念家人么？它可能是真的回不了人间了吧？太可惜了，它看不见每年夏日穿着传统服装的少男少女们结伴而游，也听不见秋日集市卖东西的小贩此起彼伏的吆喝声了，冬天积雪的大地那叫一个美呢，它都不能和我们一起堆雪人，最难过的是它吃不到最最好吃的章鱼烧了，还有甜甜的糯米团子和香喷喷的松饼。"

眼见着快到家了，小悠的感伤却还是没有停下来。小层有点生气地说："够了，那团破棉花糖和你有什么关系？它只是棉花糖，压根不需要吃东西！"小层没等小悠说话，转身跑进了散着暖黄灯光的小屋里，重重的脚步踏在木制楼梯上，却好像是一把锤子嘡嘡地敲在小悠的心里。这下子只剩小悠一个人张大了嘴巴木木地伫立在那里，深秋的晚上气温很低，小悠吸了一大口冷空气，凉得四肢百骸都颤抖起来。

小悠重新躺回松软的被窝里，心想，怎么忘记问小层明天的万圣节他会装扮成什么样子了呢。但困意很快袭来，小悠终于没有再想，安稳地进入梦乡。

这个万众期待的夜晚来了，南茶藤镇上的人早就做好了完全的准备，夜幕终于拉开，天空呈现着淡淡绛紫的瑰丽颜色，街道上灯火通明，照得镇上犹如白昼，每一户人家都大摆筵席，长桌上烧鹅的味道从窗户的缝隙里窜出来，壁炉里的火舌打着转。孩子们等不及吃完丰盛的晚餐就穿上之前隆重置备的服装出门和小伙伴们炫耀，结群乐此不疲地玩着不给糖就恶作剧的游戏，他们有的穿上喜欢的动画角色衣服，有的扮演电影里的人物，一个个逼真得不行，叫人忍俊不禁。

小悠呢？他今天扮作雪人，厚重的圆滚滚的雪人装压得他有一点喘不过气，他费力地拨开重重的人群终于看到了他最好的朋友小层。小层今天扮演的是戴狐狸面具的森林精灵，手腕上绑着白色的长巾，寒风一吹，长巾舞动，小层的衣角也跟着飘摇，就像那团棉花糖一样快要飘到空中去了。小悠记得很清楚，他们俩一起看过这部动画片，男主角阿银不能被人类触碰，不然就会永远消失。那时候他为了那个悲伤结局背着小层偷偷抹

雪人与云朵

过几滴眼泪咧。

小层好像没看见他，小悠有点急了，想要扑过去和他打招呼，无奈这时一束烟花嘭的一声飞上天空炸裂开来，瞬间掉落出彩色的星星，在淡紫红的天空中显得无比妖艳，焰火还在持续。孩子们尖叫着跳起来，小悠也看迷了，当夜空的火星终于冷却下来，小悠才反应过来，他还是把小层弄丢了哇。

这个万圣节和往年比其实并没有什么不同，甚至还有一点糟糕。从小玩到大的小层每一年都会和他一起度过万圣。但今年小层好像生他气了，其实这早就有端倪了，小悠恨恨地拍了拍脑袋，为什么我没有早一点发现呢？我应该更多考虑他的感受呀。

夜晚总是短暂，人群慢慢散去，孩子们大概都回家换上了日常衣装。小悠踌躇着准备回去时却出乎意料地看见了一脸惊惶满面愁容的小层。

"嗨，朋友，你怎么了啊?"

"我好像变不回去了!"

"啊? 这是什么意思?"

"我没办法脱掉这身衣服，也没办法摘下我的面具了!"

"那……"小悠刚一开口就迅速坍缩下来，融成一堆只会说话眨眼的小雪人了。

"一定是那个爱搞恶作剧的恶魔法师阿满干的!"小层的眼睛快要掉下泪来了。

"你先别哭，我既然变成了雪人，那你肯定也变成了那部动画片的主角了，你记得千万不能被别人碰到啊，要不或许说不定你也会像男主角的结局一样化成虚无呢。"小悠很努力地扭动身躯，边说边吐出雪花来。

小层颓然地坐在小雪人的旁边，难过地抱住自己的脑袋。今晚天上的星星很亮，路边的树木上叶子早已经枯黄，摇摇摆摆地离开了掉落下来，风不仅吹落叶子，也把小层的银色头发吹得蓬松。

"我们会变回来的吧?"

"嗯，别担心啦，一定会!"

此间芳华——安徽师范大学文学院本科生原创作品选集

可惜天总不遂人意，街上还有稀稀拉拉的一群人还没回去。有人发现了这个精致可爱的落在街角的小雪人，于是惊声尖叫起来："快看，这里居然有一个雪人！"尖叫声引来了一群孩子，他们开始大声讨论着这个雪人是从何而来。

"现在还只是秋天呢。"

"对啊，都没有下过雪，是哪里来的雪人啊。"

"但是它又洁白又可爱，我好想摸一下！"

说话的小男孩说着就要去触碰雪人了，一边的小层连忙着急地朝他吼起来："你们谁也别想碰他！"

小男孩看到平日里安静话少的小层突然发火，有一点畏惧，往后退了两步。

大家七嘴八舌地讨论起来："有什么了不起的啊，这个雪人又不是你的。""哼，他这个人简直莫名其妙。""我倒是偏要碰一碰，看他会怎么样。"

其实这些争论小悠已经听不清了，他浑身冒着汗，他觉得自己好像要化成一摊水了，于是它小声地开了口："小层，请不要维护我啦，我最后还是会融化的，你这么做可是太没有意义了，要是你被他们碰到，那可彻底完蛋啦！"雪人微弱的声音只有小层听见了，他还是坚定不移地说："不，不，我不会允许这种事发生！"他像一个磐石一样挡在了雪人前面："就算我们会分离，但在这之前，请让我和你待在一起，我们永远是最好的伙伴。"

其中一个很壮的男生率先出头说一定要把这个雪人搬回家。和他比起来小层是那么瘦弱无助，可是面对他的挑衅，小层丝毫不畏惧。那个男生终于冲上来，小层死死抱住他不叫他往前再走一步，男生挥拳就往小层的脸上打去，在这一瞬间小层的身体开始虚化，慢慢地变成一团粉色的棉花糖，棉花糖逐渐向上飘形成一朵粉色的云，飘在了雪人的头顶，接着从云朵上不断地涌出雨滴，雨滴坠落着又凝固成了粉色的雪花，最终飘落在雪人身上。

雪人与云朵

大家看到了这一幕才知道原来他们被施了魔法，但是众人都无济于事，只能纷纷离去，也有人感叹两句真是可怜也就作罢。

雪人和云朵还是静静地落在街角一动不动。

"谢谢你小层，我以为你生我的气，永远不会理我了呢。"

"不，你知道吧，我们永远是最好的朋友。"

当太阳再次升起时，魔法师阿曼看见了他们帮助他们恢复了原形。两人在朝阳下拥抱然后一起牵手回家。

他们边走边想，原来分离的日子是这么近，实在是没法提防，如果还有在一起的岁月，一定要好好珍惜身边的友谊。

哑 巴

蔡欢欢

　　村里有个皱巴巴的老头，谁也不知道他是从哪里来的，他又不会说话，见人只会"啊啊啊"地比画着手势，于是时间久了，村民们就管他叫做哑巴了。

　　哑巴已经上了些年纪，脸上有一道道的褶子，头发虽说奇异地不脏，可是乱蓬蓬的，满是补丁的衣服总凌乱地套在身上，因此村里的人也都并不太爱搭理他。

　　幸而哑巴本来就不会说话，并且他还养了一条大黄狗，也更加不会觉得寂寞了。

　　那条大黄狗看起来也是不太年轻的样子了，它乱蓬蓬的枯黄色毛发和哑巴如出一辙。它不爱动，总是懒洋洋地趴在哑巴脚底下，守着哑巴。哑巴把大黄狗当成自己的家里人，有什么好吃的都要给大黄狗留上一份，村里有人家办喜事儿，他就趁人家里正高兴上门给大黄狗多讨要几块骨头。哑巴和大黄狗在一起的时候，一人一狗面上都是相似的安详之色。

　　村长看哑巴年纪大了，条件又不好，有一天就来对哑巴说帮他找了个差事，让他去清扫村口的那段水泥路，明天就能上班。

　　哑巴感激村长，可他又犯了难——村里最近"毒狗"事件频发，他不在家，万一大黄狗被那盗狗贼毒倒给带走了可咋办？

　　冥思苦想了一整夜，第二天一早，哑巴不知道从哪里寻来了许多的小碎布，接成一条花花绿绿的长绳子。把大黄狗叫到跟前，想要给它套上。

哑
巴

大黄狗自由惯了，看着哑巴手上的绳子，呜呜呜地往后退。哑巴拍了一下它乱糟糟的脑袋，啊啊啊地对大黄狗说着什么，又比画着手势，瞪了委屈巴巴的大黄狗一眼。大黄狗就不再往后退了，乖乖地让那条奇怪的绳子套在了它的脖子上。

那天早上，村里人就看见哑巴扛着个大扫把慢悠悠地走着。他的裤腰上拴着一条破布拧成的花绳子，绳子的另一端一只大黄狗懒洋洋地跟在后面，大黄狗明明是被束缚着的，但那步子和神态却像是大官出游似的从容。哑巴走在前面，黑黢黢又皱巴巴的老脸上也是带着两分得意的笑容。于是，每天村民们都能看见这一人一狗，一前一后，配合默契地走在路上。

哑巴的生活因为这份工作改善了不少，可他还是原来那副皱巴巴的模样，但大黄狗身上已经明显能看出来长了些肉，它乱糟糟的黄色皮毛也光滑了不少。哑巴每次把碗里的肉夹到大黄狗的食盆里时，大黄狗都汪汪汪地冲着哑巴叫，有时还会跳上桌把自己的肉垫往他脸上按。哑巴总是"啊啊啊"的让它别闹，可眼睛里的笑意从来没消失过。

只是突然有一天早上哑巴带着大黄狗出去却没有回来，直到傍晚才有人来村里报信，说哑巴被大货车给撞死了。

原来那天早上哑巴和大黄狗准备回村的时候，一辆大货车突然失控朝他这边开了过来。哑巴本来是可以躲过去的，可旁边正好有个抱着孩子的女人，那女人吓傻了，站着一动不动。哑巴一把把那裤腰上的布条绳子扯开，向那女人冲过去，他把女人和孩子都推到了路旁。大货车砰的一声撞上了哑巴，鲜血流了一地，哑巴当场死亡。

大货车司机认了罪，他是酒驾，负全责。

可哑巴早就是一具尸体了，只剩下一条断了腿的大黄狗，在哑巴身边趴着，一遍遍舔他的脸，用脏兮兮的肉垫拍他，可哑巴却一动不动的，再也没有"啊啊啊"地制止它了。

村里人帮忙把哑巴葬在了后山。

后山一个小小的土丘旁，一只毛发枯黄的大狗拖着一条断了的腿，一直趴在地上哀叫着。那个被哑巴救下了的女人想把大黄狗带走好好照顾，可往日里温顺的大黄狗一下子就露出了凶性，谁一靠近哑巴的坟它就龇起一口尖牙。

就这样过去了好几天，等村民们再来到哑巴的坟地旁的时候，大黄狗已经死了。它的前爪上都是泥土，还混着干涸的血液，它还保持着刨土的动作，眼睛睁得大大的。

村民们在哑巴的坟前又挖了一个小坟，把大黄狗也埋了进去。

村里后山的野地里，一大一小两座小土丘就这样紧紧地靠在了一起。

哑
巴

何谓爱情

陈　静

倒说小王最近也真是奇怪，不做实验不打游戏了，换下了他那千年不变的T恤，身着校园制服、卡着金丝边眼镜，整天拿着一本诗集，嘴里吟诵着徐志摩的《再别康桥》。有好事者悄悄一问，才发现这一切的一切都是爱情搞的鬼——小王正在追求一位"有着丁香气息"的女孩。

女孩是校园里的风云人物，号称"s大民国女神"，因为她酷爱民国诗集，拜徐志摩为男神。再加上她温润无害的气质，使她在人群中一眼就能够被关注到。为了顺利追到女神，小王甚至报了一个诗歌吟诵班，只为在她面前大展身手。要说爱情的力量还真是伟大，不过三月，小王就从传统宅男转变成了当代"文艺青年"，远远望去通身的气质还真像这么回事儿。在小王写了一篇"史诗级"恋爱巨作，当面在女孩面前声情并茂地朗诵后，终于如愿以偿，抱得美人归。

要说热恋中的男女感情还真是奇妙。与女孩在一起后，小王为了表达他对女孩海枯石烂、情比金坚的感情，每天熬夜奋笔疾书、咬文嚼字，只为写出一篇让女孩满意的诗歌。而女孩这边呢？为了让别人知道他们这对校园情侣，她继续将小王"改造"，精心拍了两张合照，修了再修，发布到社交网络上。看着叮咚作响的通知栏，女孩知道：凭借着他们俩的爱情伟大事迹，她会继续风靡于校园。

不得不说，可真得亏了这伟大的爱情——小王身为一位工科生，居然凭借情书拿到了校园作文大赛的一等奖，评委们称他的作文写出了所有男孩儿恋爱时的心路历程：追求时的小心翼翼和热恋时的大胆炙热在这篇文章中展现得淋漓尽致。当听到获奖的消息后，小王满心欢喜，马不停蹄地将这一消息分享给女孩。女孩也同样满心欢喜，急忙翻出那封情书，拍了张美美的照片，配着几句庆祝小王获奖的文字，火速发到了社交网络之上。不过五分钟，底下都充斥着"这才是绝美励志的校园爱情""祝愿长长久久"之类的话。一点点翻完评论点赞后，女孩才心满意足，这才为早已在身旁等待许久的小王祝贺。

自从小王获了奖，加上女孩的宣传，越来越多的人知道他了，甚至他在做实验时都会有八卦者问他到底是如何追到校园女神的，每每提到此事时，小王总会傻笑，对身旁人说："大概这就是爱情吧。"而女孩这里，每当有人提及此事时，她只是淡淡微笑，依旧保持着女神的风度，继续在社交平台上发着一些文艺照片，配着几句文艺句子。就算有人私信疯狂追问，她也只是粗粗浏览一下，然后关闭对话框。

小王要结婚了。不过这是一年之后的事了，对象就是女孩。决定要结婚，起因是在某一个夜晚，小王和女孩正准备共度良宵，这时，女孩的手机叮咚响起，她拿起一看，猛然尖叫。而小王定眼一看：是一些网友在骂女孩的校园女神形象崩塌，认为她这一年来吃相太难看。看着身旁掩面啜泣的女孩，大概是多巴胺在捣鬼，小王头脑一热，说出来那句话："我们结婚吧。"听到这句话，女孩愣了愣，又拿起手机，不知道在想什么。转哭为笑，对小王说："那我们赶紧发动态吧。"

叮咚，伴随着消息的发送成功，女孩激动地抱住小王，兴奋地朝他说着未来他们将会有多火爆，她永远都是当初的民国女神之类的话。

婚礼当天，女孩特地选择了时下最新潮的直播。当主持人拿着手机问小王为什么要结婚时，他看着镜头，脸上露出幸福的笑容，温柔地低下头，对身旁的女孩说道：因为这是我想象中的爱情。女孩看着社交网络上源源不断的关注，也笑了，盯着小王说：没错，这就是我想要的爱情。

何谓爱情

戏剧篇

将　芜

胡　镇

【主要人物设置】

孙广白——男，三十五岁左右，幼年父母双亡，后被常菘蓝收养。在常菘蓝的安排下和邻村女孩结婚，生有一子孙常决明。

常菘蓝——男，五十五岁左右，村里的教书匠，儿子早夭，后收养孙广白，视如己出，教授知识。

孙常决明——男，十二岁左右，孙广白之子，其母难产而死，被常菘蓝带大，和孙广白接触不多，感情疏离。

贝子——女，十五岁左右，卖橘子的小贩。

第一幕

【桃花坞是一个偏远山区的一处盆地，相对闭塞，保存着一定的传统思想。它的正中央是一个圆形的湖泊，这个湖泊被当地人称为"啁唔"，在这个湖泊的旁边有一栋小木屋，远看觉得很新，近看就会看见它积了不少灰尘，该是长久没有清扫过。这小屋是孙广白的家。此刻，太阳刚刚升起不久，湖面上还残存一丝薄雾，孙广白坐在湖边看书，孙常决明呆坐在离他一米左右的位置。】

孙广白：（捧着书）归去来兮，田园将芜胡不归！哈哈哈，有意思，有意思。

孙常决明：陶渊明，爷爷爱说。

孙广白：（好奇）哦，爷爷说什么？

孙常决明：陶渊明。

孙广白：说陶渊明什么？

孙常决明：好。

孙广白：那你和我说说看，爷爷怎么说陶渊明好的。

孙常决明：悟已往之不谏，知来者之可追，实迷途其未远，觉今是而昨非。

孙广白：爷爷就这么说的？

孙常决明：嗯。

孙广白：说了别的没有？

孙常决明：不为五斗米折腰，好，陶渊明。

孙广白：那爷爷有没有说他为什么写归去来兮？

孙常决明：因为他回家了。

孙广白：（略走进孙常决明）爷爷说的不对。

孙常决明：（亦略微挪动，和孙广白保持之前的距离）不是爷爷说的，是我瞎猜的。

孙广白：陶先生说"寻程氏妹丧于武昌，情在骏奔，自免去职"，他就逮着个理由辞官回家了。我倒也是为了回来给你爷爷守丧，请了一个月的假，只是没有辞职，还是要回去的。

孙常决明：（呆呆的）嗯。（转身往屋里走，嘴里喃喃）爷爷。

孙广白：（起身跟在他身后）今天几号了？

孙常决明：十一号。

孙广白：（疑惑）不对吧，我记得"头七"是九月二号，现在都又过了两个多星期，肯定不会是十一号了。

孙常决明：就是十一，八月十一，我记得清楚。（声音渐弱）

孙广白：决明（靠近，抬手想摸摸他，但又犹豫着放下），决明，现在不兴用农历，你要学会算阳历。

孙常决明：爷爷说，阳历没用。

孙广白：城市里都用的阳历，现在没人用农历了。

孙常决明：这里是桃花坞，爷爷和我都用农历。

孙广白：（无可奈何）随便你吧。明天我要去山里给你爷爷上香，你在家小心一些。

孙常决明：（抬头，眼神略微一亮，转身看一眼孙广白，又迅速转回来，埋下头）嗯。

【孙广白和孙常决明没有再搭话，二人保持着一前一后的姿势走近木屋。孙广白突然从附近拾起一段木柴，走到屋檐下。】

孙常决明：（惊）要干吗？

孙广白：（撸起衣袖）之前倒一直没发现，这屋檐底下还藏着一个燕子巢呢。

孙常决明：你要干吗？

孙广白：这个旧巢要捅了，不然燕子明年还会回来。

孙常决明：不能捅，爷爷不让捅的。（想上前拦住，又迟迟不愿靠近。）

孙广白：（抬手捅了捅燕子巢）既然能飞出去，何必再飞回来。

【燕子巢碎裂一地，孙广白衣服上也沾了灰，他拍拭着衣服。孙常决明蹲在地上，捡起一块相对完整的燕子巢，呆呆看着。】

孙广白：（望望外边）决明，这雾气也散得差不多了，去帮爸爸打点水来。（孙常决明没有一点反应）决明，决明！

孙常决明：（突然的）啊？

孙广白：帮爸爸去落月潭打点水来。

孙常决明：（疑惑）落月潭？

孙广白：（指指外面）湖啊。

孙常决明：那叫嗬唔。

孙广白：嗬唔是土话，普通话里它叫落月潭。

孙常决明：打水干嘛？

将
芜

193

孙广白：把身上的灰擦擦，顺便把屋子也打扫一下，这屋子好说歹说也是爸爸的礼物，虽然没住多久，也还是稍微整理一下的好。

【孙常决明小心翼翼地收起燕子巢，进屋提了水桶就走向落月潭。孙广白则向屋内走去。】

第二幕

【时间回到十几年前，时值盛夏，经过常菘蓝多年培育，孙广白成功考取了大学，成为桃花坞这么多年来唯一考上大学的人。一时间整个平静的小村子都鲜活起来，纷纷来常菘蓝家道喜。】

村长：（拄着拐杖，一进院门就伸手向着常菘蓝）哎呀常先生，恭喜恭喜。

常菘蓝：（赶忙握住村长的手，扶他往家里走）哪里哪里，赶紧进家坐。

【二人相携走进室内，其后跟着几位村民。这是常菘蓝的住宅，木制结构的二层小楼加一个小院子，院子里种有一株桃树，树上结着桃子，而屋内陈设古朴，正中央挂着孔子像，孔子像下摆了一张小木桌，供着一些糕点，中间则摆着几颗鲜嫩的桃子。厅内摆着桌椅，众人就在屋内找了位置坐下。】

村长：（一眼瞧见桌上的桃子，指着桃子）呦，先生你这本来是桃李满乡村，现在是真的桃李去天下了啊，哈哈哈。（后面有村民附和着笑）

常菘蓝：您这哪里话，还算这没出息的小子没给村里丢脸，不枉这么久以来村里对他的照顾。

村长：那是不敢说。大家也都知道，数你对他最好，当儿子养着。（众人点头。）

常菘蓝：说来也是机缘，他父母早逝，我子女早夭，干脆着就互相弥补着一点，有个人陪着说说话，读读书，生活总归有些盼头。

村民甲：（试探）先生，你这都养了他十几年，不说别的，这好吃好

此间芳华——安徽师范大学文学院本科生原创作品选集

喝供着，还教他读书认字的，都不考虑给他改个名字？名正才言顺，不姓常，总归不是常家人啊。

常菘蓝：（微微一怔，随即哈哈一笑）他现在天天叫我爹，我听着就足够高兴了。再加上他还能考出去，他有造化，我也心满意足了。大半个身子都在黄土里，我不求什么，不求什么咯。（摆手状。）

【村长闻言，起身，走到孔子像下，微微三拜，拿起一个桃子摸着。】

村长：话是这么说，可全村就数你家这桃子最好，种啊，可还是要留的。（说罢，轻放下。）

常菘蓝：（神色一丝尴尬，但也理会了村长的意思）村长，就算这孩子愿意，姑娘家的也不好说啊。

村民乙：隔壁村的小慧今年正好十八了，生得端正漂亮，父母也是老实人。

常菘蓝：这，两孩子都没见过，怕是……

村长：（打断常菘蓝）这婚姻自古就是父母之命，媒妁之言，你准备准备着去提亲就好了。

常菘蓝：（忙上前）村长，这……

村长：（摆摆手）哎，这广白呢，倒是一直没见到。（从室内往屋外走。）

常菘蓝：哦，这孩子指不定又去嗮唔边玩了，大夏天的，湖边凉快点。

村长：正好，说起来嗮唔边那个旧屋子搭了好几年，赶明儿咱大家伙把那屋子拆了，那块地就送给广白了，给他盖个好房子住住。

常菘蓝：这使不得呀，那块地全村都盯着，这就给广白了，不合适。

村长：就是因为大家都盯着，才要给广白呢。这草窝里难得出一个金凤凰，不得种棵梧桐树啊。（常菘蓝欲接话，村长凑近他。）落叶归根啊，终究要给他留个根的呦。（双手往后一背。）老头子等着喝酒啊，哈哈哈，走了。

将芜

【众人随村长下，常菘蓝靠着院子里的桃树怅然状，不一会，孙广白就回来了。】

孙广白：爹，怎么了。

常菘蓝：（示意孙广白靠近）又去哪里闹腾了？

孙广白：湖里游泳。

常菘蓝：那你看见湖边那个破屋子了吗？

孙广白：看见了，那木梁都被虫蛀的一个个洞，破破烂烂的。

常菘蓝：嗯，村长刚来咱家了。

孙广白：最近来的人好多啊，还好没碰上，我最怕应酬他们。不过，爹，村长来说啥。

常菘蓝：（望着孙广白）说咱家这桃子好。

孙广白：（随手从桃树上摘了一颗，在衣服上擦擦，就吃起来）那可不，又大又甜。

常菘蓝：（被逗笑）也不洗洗。（带着孙广白往屋下走）来，瞧瞧屋檐下。

孙广白：燕子巢？之前都没见过，今年才有的吧。

常菘蓝：是啊，这旧俗里，燕子在谁家筑巢，谁家就会有喜事。

孙广白：不过这燕子都走了，这巢都空了。

常菘蓝：只要这巢在，燕子还是会回来的，这叫"旧燕归巢"。

孙广白：既然能飞出这山坳坳，还飞回来干嘛。

常菘蓝：古人言百川归海，木落归根，人生在世，就算游荡再久，你我终究还是要归至源起，化成了一抔黄土，也要埋在这桃花坞里。

孙广白：爹，我这马上要去大城市了，过几年，我一定接您出去。

常菘蓝：（摇头）吾生之行休，教了半辈子书，没心思出去了。

孙广白：爹，您就不想看看外面的世界？

常菘蓝：父母在，不远游。若不是你考上了学校，我也不会让你走的。

孙广白：一辈子待在这里，我会憋死，会闷死，会烦死。

常菘蓝：这村子生生息息了这么多代了，倒是没见过一个憋死、闷死、烦死的。

孙广白：我和他们不一样。

常菘蓝：来，你过来，爹和你说，村长把嗨唔那块地送你了。

孙广白：送我？我要那地干嘛？

常菘蓝：那破房子这几天会拆掉，爹再找人给你盖一座气派的好房子。

孙广白：爹，您这是要赶我走？

常菘蓝：你这也老大不小了，隔壁村上有一个女娃挺合适的，明儿爹提亲去。

孙广白：（震惊）爹，我还要出去读书呢，怎么能结婚，这不是耽误别人吗？

常菘蓝：（纵使无奈，却又不得已）这不还有几个月呢吗，先把喜事定了。

孙广白：（坚决的）爹！我不结婚！

常菘蓝：听说那女娃端正得很，又贤惠，不会让你失望的。

孙广白：不管，爹，我不！

常菘蓝：广白啊，你说，你这一走，爹在这山里，无亲无故的，我这半百的年纪了，指不定哪天就在这桃树下去了。爹还想抱抱孙子，替你打点打点。结个婚，娶个媳妇过门，再添个一子半女的，热热闹闹，爹这晚年，才有过头。

孙广白：爹，等我读好书，带您出去，照样热热闹闹的。

常菘蓝：你怎么就听不明白，我出不去了！

孙广白：求您了，我马上要去读书了，要是结婚了，我怎么面对和我一起的同学？

常菘蓝：（严厉的）孙广白，这婚你要是不结，就到孔子像下跪着，也别去读书了。

将芜

孙广白：爹，您知道我做梦都想去读书的！

常菘蓝：不孝有三，下一句是什么？

孙广白：（断断续续的）无后为大。

常菘蓝：结婚又不影响你读书，你怕什么。

孙广白：可我还年轻，为什么要让这个"后"来得这么早？

常菘蓝：你是还年轻，（颤颤巍巍）可我老了啊！

孙广白：爹，强扭的瓜不甜！

常菘蓝：这瓜甜也得扭，酸也得扭。

孙广白：（把手里剩下的桃子朝院子里一扔）这婚我可以结，结了之后我就再也不回来。

常菘蓝：（无奈又痛苦）好啊，好啊，先结婚吧，只要你觉得对得起你死去的父母，对得起我，对得起你脚下的土地，你就别回来了。

【孙广白听完，伫立，眉头紧锁，一咬牙，往屋里走去。常菘蓝摇摇头，叹口气，走到桃树下，倚着树干望着土地。】

第三幕

【次日傍晚，太阳斜照在湖面上，闪出红橙色的光。此刻还是略微闷热，孙常决明坐在小屋的阴凉处，呆呆注视着远处的山，山上埋着他的爷爷，他的神情是忧郁的、忧伤的。恰好，拖着一辆小板车卖橘子的小贩贝子路过，车上橘子不多了。贝子装扮朴素，但是神色很灵动，年纪应是不大，满头的汗，脚踝处也粘了不少灰，她走向落月潭，想用湖水洗把脸，正好路过孙常决明。】

贝子：买橘子吗？我要回去了，这点橘子便宜卖。

孙常决明：（听到贝子清脆的声音，决明的眼眸都变亮了一点）橘子，我还没吃过橘子呢。

贝子：（扑哧一声笑了，停下车，往湖边走）橘子都没吃过？那你平时吃什么。（蹲下，用湖水洗洗脸，洗洗手。）

孙常决明：（跟在贝子后边）桃子，我爷爷种的桃树，每年都生好多桃子。

贝子：（仰头看决明）除了桃子呢？

孙常决明：（微光下贝子侧脸的轮廓很好看，决明略羞涩地微一转头）爷爷也会给我吃别的水果，可就是没吃过橘子。橘子是什么味道？

贝子：酸酸的，甜甜的，都有，看你运气了。

孙常决明：桃子也是，酸的甜的，都有，不过我喜欢甜的。

贝子：（起身，回头走向她的小板车）你想尝尝吗？

孙常决明：（还是跟在她后面，考虑了一会，微一点头）嗯。

贝子：（从小板车上挑挑拣拣，选了两个略好的）剩下的这几个里，就数这两个最好，应该是甜的，给你。（递给决明。）

孙常决明：可我没钱，我家里也没人。

贝子：送你的，不要钱。

孙常决明：（靠近一步，刚欲伸手，突然又连退几步）不行不行，爷爷会骂我，不能随便收别人东西。

贝子：（笑起来）你真可爱，没事的，你尝尝，好吃的话，下次我来的时候你再多买点。

孙常决明：（惊喜的）你下次还会来的吗？

贝子：（眼睛一低，随即又抬起来）不一定，可能会来。

孙常决明：你来吧，你下次来，我就，我就……

贝子：好啦，下次的事谁知道呢。（走近决明，把橘子塞进他手里。）

孙常决明：不行不行，我不能拿的。（把橘子推还给贝子。）

贝子：（佯怒）那你不拿着我下次就不来了。

孙常决明：（慌忙地）好吧，那我就要一个。（说罢，拿了一个，另一个轻轻放回她的车上。）

贝子：（推起车子）那我走啦。

孙常决明：等会。

贝子：（疑惑地）怎么了。

将芜

孙常决明：（从口袋里掏出一块燕巢，伸手给贝子）我不能白拿，跟你换。

贝子：（停下车，又是一笑，接过，看了一眼）我很喜欢，我走了。（推起车，走了。）

【贝子的身影渐渐远离了，在夕阳下她的影子拖得很长，孙常决明站在原地，双手捧着橘子，望着贝子远去的方向。不久后，孙广白回来了。】

孙广白：决明，傻站着干吗呢？

孙常决明：没。（转身回到小屋边）

孙广白：哪里来的橘子？

孙常决明：哦，那个，别人送的。

孙广白：村长给的？

孙常决明：不是，不认识的人。（脸微红。）

孙广白：不认识的人？我不是说你要小心点吗，陌生人的东西可不能吃。

孙常决明：不不不，不会的。

孙广白：你不知这社会险恶，坏人很多。

孙常决明：橘子好吃吗？

孙广白：很酸。

孙常决明：（把橘子凑近鼻子，一闻）香，和桃子不一样。

孙广白：（惊起）对了，回来都没吃桃子。走，去爷爷的老屋摘几个桃子。

孙常决明：（放下手，略带悲伤的语气）桃树死了。

孙广白：桃树死了？

孙常决明：嗯，过年时冻死的。春天的时候只有黑黑的树干了，没叶子，没桃子。

孙广白：（有点沮丧）可惜了，你爷爷最喜欢那棵树的，我也喜欢。

孙常决明：我也喜欢。

此间芳华——安徽师范大学文学院本科生原创作品选集

【太阳已经完全落山了,月亮悬在半空,几近圆月,照得整个环境都很空明。孙常决明坐在地上,孙广白半蹲着。】

孙广白:决明,你恨我吗?

孙常决明:(低头)橘子好吃。

孙广白:爸爸知道,对不起你,也对不起你妈。

孙常决明:(声音压低一些)橘子,好吃。

孙广白:(略显痛苦)爸爸也是迫不得已,我走的时候根本不知道她怀孕了。她生你的时候,不去医院,就靠着这接生婆,出了意外,我在学校里,也没有办法。

孙常决明:(头压得很低,用抽泣的语音,断断续续地说)橘子,橘子。

孙广白:(心疼地望着孙常决明)决明,我在上学,我没能力,也没脸面带着孩子。也只能让你爷爷带你。我知道爷爷肯定费了很多心力,不然你也不能长这么大。爷爷给你取名字叫孙决明,我说不行,要叫孙常明,就是希望你,不能忘记爷爷。

孙常决明:(哭泣)我想爷爷了,我想爷爷。

孙广白:(眼泛泪光)后来我也想接你出去的,可你爷爷他不愿走,只好留你和他做个伴,而且,我也确实不知道怎么和你相处。现在,我有能力抚养你,你愿意和爸爸走吗?

孙常决明:(抬头,挂着泪)我不恨你,也不恨娘,我就想要爷爷回来。

【月色下,孙常决明哭着,孙广白怀抱着孙常决明,湖面上微微氤氲着一层雾气,被月光照着,格外清冷。】

第四幕

【又过了三天,已是农历八月十五了,这几天,孙常决明有事没事就往外面张望,此时,他呆站在窗边,或望着天上极圆的明月,或望着被月色照

将芜

· 201 ·

得通透的小径、草地和湖泊。】

孙广白：决明，你这几天怎么心神不宁的？

孙常决明：没。

孙广白：明天我们一起去看看爷爷吧。

孙常决明：好。

孙广白：后天我就要回去了。

孙常决明：嗯。

孙广白：和爸爸一起走吧，去城里读书生活。

孙常决明：（自言自语）好几天了。

孙广白：爸爸会好好待你，好好弥补你。

孙常决明：（面向孙广白）明天如果有人来卖橘子，你可以让我买点吗？

孙广白：你要想吃橘子的话，到了城里，爸爸可以经常买给你吃。

孙常决明：不，我不想吃橘子。

孙广白：不想吃，不想吃为什么要买？

孙常决明：不，我想吃，不过我不想吃那个橘子。

孙广白：我被你说糊涂了，不过这橘子还是少吃，吃多会上火。

孙常决明：我一天就吃一个。

孙广白：说来也奇怪，这桃花坞，有桃有李，夏有瓜冬有果的，就偏偏少见橘子。

孙常决明：我没吃过，爷爷可能也没吃过。

孙广白：前两天不是有人送你了一个吗？

孙常决明：（小心地从口袋里掏出来，轻握着）还没吃。

孙广白：决明，你知道这里为什么叫桃花坞吗？

孙常决明：爷爷说因为村里桃树生的最好。

孙广白：哈哈哈，当初我问你爷爷的时候，他不是这么和我说的。

孙常决明：爷爷怎么和你说的？

孙广白：他说，桃花坞年年桃花鲜红，纷零飘落，覆满全村，似上天披下的新妆，就是因为它是月老流下的眼泪。月老是在桃树下牵红线的，桃花坞，也就代表着姻缘，代表着生生不息。

孙常决明：那橘子呢？

孙广白：橘子？橘子十瓣相连，又有着橘络，经脉似的包裹着，或许，我是说或许，代表着羁绊和连结吧，我不清楚。

孙常决明：那你说她还会来吗？

孙广白：谁？

孙常决明：哦，没，没谁。

孙广白：决明，和爸爸走吧。

孙常决明：村长爷爷不会让我走的。

孙广白：（低身抱住决明）你是我的儿子。

孙常决明：（低头，慢慢挣脱孙广白的怀抱，一狠心，把橘子掰成两半，递了一半给孙广白）爹，给你吃。

孙广白：（微一怔）爸爸吃过的，你吃吧。

孙常决明：爹，给你吃。

孙广白：（十年来，第一次听见儿子叫他，接过橘子，感动地说）好，好，吃。

【决明慢慢地剥下橘子皮，一共有五片橘瓣，他选择了最小的一瓣，小心地放进嘴巴里。另一边，孙广白也尝起了这个橘子。】

孙广白：（眉头微皱）有点酸。

孙常决明：（嘴角微扬）甜的。

孙广白：决明，明天我们去看看爷爷，再去拜访一下村长，后天就和我走吧。

孙常决明：走了，还会回来吗？

孙广白：老屋荒了，这新屋也荒着，这田园已芜……

孙常决明：可爷爷在这，娘也在这，还有，（小声地）她也在这。

孙广白：（明白了决明的心思，温柔地）决明，爸爸答应你，回来，

将
芜

还会回来的。

孙常决明：谢谢爹。

孙广白：（轻摸决明的头）我们父子，不说谢。

孙常决明：我想去喇唔那走走。

孙广白：（犹豫一会，点点头）好吧，早点回来，注意安全。

【孙常决明走出小屋，走到落月潭的边上，跪下了，从怀中掏出剩下的四瓣橘子。】

孙常决明：（把两瓣橘子慢慢放进湖里）爷爷，我知道您也没吃过橘子，您尝尝。爹说他要带我去城里了，我不能天天陪您了，但是我每年都会回来看您，您放心，我会好好读书，好好听爹的话，我也不会忘记您，我知道我自己叫孙常决明。（把剩下两瓣橘子也慢慢放进湖里）娘，我没见过您，但决明知道是您给了我生命，十年前的这个晚上，是决明对不起您，害您受苦了。娘，您也尝尝橘子的味道。

【语罢，决明起身，把细碎的橘子皮撒向天空，橘子皮落在湖上，平静的湖水溅起水花和片片涟漪。】

孙常决明：云无心以出岫，鸟倦飞而知还。爷爷，去年这个时候您教我这首归去来兮辞，今年，我只有自己了。

孙常决明：（背过身）孙常决明，生日快乐。

【剧终】

附　录

2018年安徽师范大学文学院本科生文学创作大赛
获奖名单

特等奖：

沈　宇（2017级汉语国际教育）　　刘章怡（2015级卓越语文实验班）

一等奖：

刘丽薇（2015级卓越语文实验班）　　汪程娟（2016级戏剧影视文学）

王　欣（2018级秘书学专升本）　　张应中（指导老师）

吴仕颖（2013级卓越语文实验班）　　胡夏莹（2013级卓越语文实验班）

张公达（2014级卓越语文实验班）　　李冠达（2014级汉语言文学师范）

瞿陆子慧（2015级汉语言文学师范）　　李婷婷（2016级汉语言文学师范）

岳晓婧（2016级秘书学）　　陈　蓉（2016级卓越语文实验班）

朱方雨（2016级汉语言文学非师范）

二等奖：

黄妙燃（2016级汉语言文学非师范）　　邵士强（2017级卓越语文实验班）

王月亭（2016级戏剧影视文学）　　朱文韬（2014级卓越语文实验班）

张公达（2014级卓越语文实验班）　　汪倚筠（2015级卓越语文实验班）

张　岭（2016级汉语言文学非师范）　　卞姗姗（2017级卓越语文实验班）

林婧婷（2018级卓越语文实验班）　　魏娅婷（2016级汉语言文学师范）

汪　璇（2016级汉语言文学师范）　　曹晓言（2015级卓越语文实验班）

郑可儿（2016级汉语言文学师范）　　张雨晨（2016级汉语言文学师范）

孙新月（2016级秘书学）　　张云云（2016级汉语言文学师范）

程　蒙（2017级汉语言文学非师范）　程　石（2017级卓越语文实验班）

宋润泽（2018级汉语言文学师范）　王鑫泽（2017级汉语言文学师范）

杨亚涛（2017级汉语言文学非师范）　黄星宇（2018级汉语言文学非师范）

杜中强（2017级汉语言文学非师范）　张晓迪（2017级汉语国际教育）

胡　镇（2016级戏剧影视文学）

三等奖：

林兰馨（2016级卓越语文实验班）　董迎辉（2018级秘书学）

邵雅倩（2016级卓越语文实验班）　袁伊佳（2016级卓越语文实验班）

盛　佳（2016级戏剧影视文学）　　夏晓晓（2018级汉语言文学非师范）

茆　蕾（2016级汉语言文学非师范）　周云云（2016级汉语言文学师范）

杨　卓（2016级汉语言文学师范）　龚书娴（2016级汉语言文学师范）

章泽宇（2016级汉语言文学非师范）　丁　宁（2017级汉语言文学师范）

段懿珂（2015级汉语言文学师范）　虞　港（2016级汉语言文学非师范）

甘钰菡（2015级汉语言文学师范）　袁雪婷（2016级汉语言文学师范）

汪梦圆（2018级秘书学）　　　　黄　鑫（2016级汉语言文学师范）

田　晴（2016级汉语言文学师范）　钱诗仪（2018级汉语言文学师范）

杨　婷（2016级汉语言文学师范）　曲　妍（2018级汉语国际教育）

武　丽（2018级秘书学）　　　　王敏敏（2015级汉语言文学师范）

徐婷婷（2016级秘书学）　　　　李彤彤（2015级汉语言文学师范）

杨沛昀（2018级卓越语文实验班）　汪　蕊（2018级卓越语文实验班）

唐　蕊（2016级汉语言文学师范）　韦雨欣（2018级汉语国际教育）

卞若南（2015级卓越语文实验班）　张友伟（2015级汉语言文学师范）

高薇晓（2015级汉语言文学师范）　王雪斐（2018级汉语言文学非师范）

李云青（2018级汉语言文学师范）　何文文（2015级汉语言文学师范）

李娅楠（2016级汉语言文学师范）　许　茗（2016级汉语言文学师范）

蔡欢欢（2018级汉语言文学师范）　陈　静（2018级汉语言文学非师范）

优秀奖：

周龙凤祥（2017级汉语言文学非师范）　沈单燕（2018级秘书学专升本）

冯晓敏（2018级秘书学专升本）　　　汪　鹏（2018级汉语言文学师范）

吴珊珊（2016级戏剧影视文学）　　　李心茹（2016级戏剧影视文学）

孙　情（2016级戏剧影视文学）　　　宋庆荷（2017级卓越语文实验班）

陈婧文（2018级汉语言文学师范）　　汪　灿（2016级汉语言文学非师范）

蒋　玲（2015汉语言文学师范）　　　龙雨辰（2015级汉语言文学师范）

施安奇（2015级汉语言文学师范）　　陈凌辉（2018级汉语言文学师范）

凌雪惠（2016级汉语言文学师范）　　胡榕榕（2018级汉语言文学师范）

罗　莹（2018级汉语言文学师范）　　胡欣俐（2016级汉语言文学师范）

白露露（2018级汉语言文学非师范）　钟昱韬（2016级汉语言文学师范）

熊鑫钰（2016级秘书学）　　　　　　梅雯俐（2015级汉语言文学师范）

任曼玉（2016级汉语言文学师范）　　胡朝惠（2015级卓越语文实验班）

唐玉莲（2018级秘书学）　　　　　　王璇璇（2016级汉语言文学师范）

王千惠（2018级汉语言文学师范）　　秦雅洁（2018级卓越语文实验班）

陈子文（2016级汉语言文学非师范）　谭金娇（2016级汉语言文学师范）

龚乃瑜（2016级汉语言文学师范）　　王小禾（2015级汉语言文学师范）

钱海祥（2015级汉语言文学师范）　　谷　澍（2017级汉语言文学非师范）

代迎巧（2015级汉语言文学师范）　　黄　鑫（2016级汉语言文学师范）

孙静静（2016级汉语言文学非师范）　朱邓丛（2016级汉语言文学师范）

王　昊（2018级卓越语文实验班）　　蔡思红（2018级汉语言文学师范）

王德秀（2015级汉语言文学师范）　　周　宇（2018级秘书学）

吴艳婷（2017级卓越语文实验班）　　鲁文瑶（1025级汉语言文学师范）

余燕燕（2016级汉语言文学师范）　　张梦瑶（2016级汉语言文学非师范）

江　冉（2018级秘书学专升本）　　　赖昕涓（2018级汉语言文学师范）

张梦瑷（2018级秘书学）　　　　　　康　革（2016级秘书学）

桂淑静（2016级汉语言文学师范）　　陈子昂（2016级汉语言文学非师范）

刘　璐（2016级汉语言文学师范）　　戴紫珺（2017级汉语国际教育）

王诗捷（2017级汉语国际教育）　　陈一诺（2017级卓越语文实验班）

张梦妍（2016级汉语言文学非师范）　汤　璐（2016级戏剧影视文学）

张宇鹰（2016级汉语言文学师范）　　李慧颖（2016级戏剧影视文学）

后　记

　　本书为2018年安徽师范大学文学院本科生文学创作大赛优秀作品集。文学院于2018年10月22日发出大赛通知，参赛对象为文学院全日制本科生（含专升本），要求申报参赛的作品为2015年以来自己创作的诗歌、散文、小说、戏剧等体裁的原创作品。大赛的主题有三：一是发现美好，追求理想；二是关注时代，诉说梦想；三是重温历史，展望未来。赛事要求大家关注身边的人、事、景、物，传递真、善、美，表达对自由、平等、公正等人文理想的追求；关注当代社会发展，关心国家民族大事，表达历史使命感、时代责任感等，展现青春梦想；纪念建校90周年、改革开放40周年，重温改革开放的历史进程，探讨改革开放的重大意义和深远影响，描画祖国的美好蓝图，抒发爱国爱校的深挚情怀。

　　大赛得到了文学院各专业同学的热烈响应，学生报名参赛的作品和教师推荐的作品共有390件。2018年12月中旬，学院组织8位专业教师对所有参赛作品进行了初审，随后对通过初审的作品进行了查重。2019年元月，学院又请5位评委老师对初选出来的作品进行二审，经过严格的评分，对初审作品进行排序。学院又请3位评委对排序作品作了终审，确定等次及数额，拟出获奖名单，并将结果报送组委会讨论。组委会最终确定沈宇《回门》、刘章怡《吾师》2件作品为特等奖；刘丽薇《浣溪沙·过华清池》、瞿陆子慧《书痴一老翁》等9件作品为一等奖；黄妙燃《新的飞鸟》、邵士强《帆船立在海的中央》等25件作品为二等奖；林兰馨《秋

别》、夏晓晓《父亲的散文诗》等40件作品为三等奖；确定优秀奖60篇。

特别值得提到的是两篇获得特等奖的作品。一篇来自2017级汉语国际教育专业的沈宇同学，她的《回门》参加首届"丰湖杯"全国大学生小小说大赛获得了一等奖。这个赛事一共有1216篇稿件参赛，37篇获奖，最高奖是一等奖，且只有2篇。沈宇在《获奖感言》中说：

> 首先，可真是人生处处有惊喜。无意间便收到了这个获奖惊喜！说实话，我很意外，也很开心。那么，通过盲女明儿的故事，我是想告诉世人："这个世界其实是有心人的世界。"人们用来看世界的不只有眼睛，还有心灵。另一方面，"善人者，人亦善之"。善良是一种世界通用的语言，愿大家将善存于心中，发于众人。既然我们都知道世界很复杂、迷离、多变，我们也无力改变，那何不用心去看这个世界？用善去感染这个世界？这样，或许你也会收获别样的惊喜！

向"善"是这篇作品的立意，亲切自然的语言是它的韵味。它最打动人心也最为出彩的地方在于结尾，此前所有的描写都在蓄势，结尾点亮作品的立意。这一安排，不仅显示了作者营构小说情节的小小匠心，而且给了这个纷纭的世界以温暖。评委们一致将它推为特等奖，表明大家对这篇小说思想内涵和艺术表达的高度认同。

另一篇是来自2015级汉语言文学专业卓越语文教师实验班的刘章怡同学，她的《吾师》是一篇描写授课教师的散文，全篇用文言写成，刻画教师外表形态与精神状貌十分传神，字里行间透露出教师专业背景的深厚、教学技能的娴熟、课堂氛围的热烈，也在较深的程度上传达出学生对"吾师"的崇敬心理。从语言表达上看，全文文辞粲然，句法老道，语意豁朗，结构自然流畅，一气呵成，显示了作者较好的文言功底。此文是作者一年前随意写就，并非为本次大赛刻意准备的作品，乃因教师推荐而进入评委视野。也许正因为这一种自然天成，它尤其获得了评委的首肯，共推为特等奖。

推崇师道，关注社会，追求真善美，展示自我的青春和芳华，也许这就是我们组织大赛、撷取英华以结集的目的吧。

编　者

二〇一九年一月二十二日